Martina Bick

Die Tote am Kanal

Sehr verehrte Leserin, sehr verehrter Leser,

unsere Welt wird immer schnelllebiger, unser Alltag immer hektischer. Gerade deshalb sind die schönen, unbeschwerten Momente, in denen wir innehalten und uns zurücklehnen, so kostbar.

Ich persönlich greife in solchen Momenten gerne zu einem guten Buch. Eine spannende und unterhaltsame Geschichte hilft mir, schnell abzuschalten. Beim Lesen vergesse ich die Sorgen des Alltags.

Doch manchmal ist es gar nicht so einfach, ein gutes Buch zu finden. Dabei gibt es so viele Autorinnen und Autoren, die mit ihren Geschichten die Leser in ihren Bann ziehen. Solche Highlights der Unterhaltungsliteratur bringt jetzt die vielseitige UNIVERSO-Taschenbuchreihe zusammen. Die von uns sorgfältig ausgewählten Bücher reichen von frechen Frauenromanen über spannende Krimis bis hin zu großen Liebesgeschichten und historischen Romanen.

Die kleine, aber feine UNIVERSO-Auswahl möchten wir gerne auch mit Ihnen teilen. Mir bleibt nur, Ihnen viel Spaß und Entspannung beim Lesen und Träumen zu wünschen.

Herzlichst
Ihr

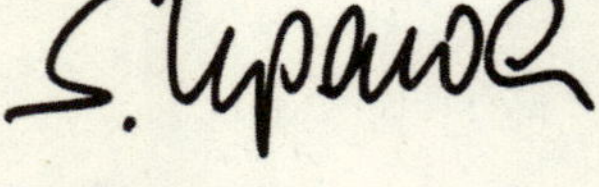

Siegfried Lapawa
Verleger Karl Müller Verlag

Martina Bick

Die Tote am Kanal

Der dritte Fall für Marie Maas

UNIVERSO

Über die Autorin

Martina Bick wurde 1956 in Bremen geboren. Sie studierte Historische Musikwissenschaft, Neuere deutsche Literatur und Gender Studies in Münster und Hamburg. Nach mehreren Auslandsaufenthalten lebt sie heute in Hamburg, wo sie an der Hochschule für Musik und Theater arbeitet. Martina Bick veröffentlichte zahlreiche Kriminalromane, Romane und Kurzgeschichten und war auch als Herausgeberin tätig. Für ihre Arbeit wurde sie mehrfach ausgezeichnet. 2001 war sie die offizielle Krimistadtschreiberin von Flensburg.

Genehmigte Lizenzausgabe
Karl Müller Verlag – SILAG Media AG,
Liebigstr. 1–9, 40764 Langenfeld

Titelbildgestaltung: Maria Seidel, atelier-seidel.de unter Verwendung
eines Bildmotivs von © istockphoto; shutterstock; Fotolia.com
Umschlaggestaltung: SILAG Media AG, 2014

Dieses Buch wurde auf Pamo Classic von Arctic Paper gedruckt.

ISBN-Nr. 978-3-95674-174-6
Printed in EU 2014

1

Die Maschine landete nach ein paar kleinen Hopsern sicher auf dem harten Beton der Landepiste des Hamburger Flughafens. Mit einem ohrenbetäubenden Schnauben wurden die Turbinen abgebremst. Noch einmal tönte die beruhigende Stimme der Stewardess aus den Bordlautsprechern.

»... möchten wir Sie bitten, angeschnallt zu bleiben und auf Ihren Plätzen zu warten, bis die Maschine ihren endgültigen Standort erreicht hat. Wir hoffen, Sie haben sich bei uns an Bord wohl gefühlt, und möchten uns ganz herzlich von Ihnen verabschieden.«

Aus den hinteren Reihen der Maschine kam lauer Beifall. Kriminalhauptkommissarin Marie Maas konnte sich nicht entschließen, ihre Zeitschrift aus der Hand zu legen und sich an diesem Dankeschön der Passagiere zu beteiligen. Aus bisher ungeklärten Gründen war sie in diesem Urlaub zu einer faulen und entsprechend unhöflichen Zeitgenossin geworden.

»Vielleicht liegt es an der Hitze«, sagte Tomkin; für ihn als echten englischen Gentleman war Höflichkeit geradezu ein Charakterzug. Leichthändig hob er Maries Koffer vom Förderband an der Gepäckausgabe, schnallte sich seine beiden schwarzen Reisetaschen kreuzweise über die Schultern und marschierte los in Richtung Ausgang.

»Das würde ja heißen, dass alle Griechen, überhaupt alle Südländer, ein faules und unhöfliches Pack wären. Das könnte ich weder ideologisch vertreten, noch entspricht es auch nur im Geringsten der Realität. Denk nur mal, wie freundlich Marias ›Kalimera‹ immer klang. Es hat mir richtig das Herz gewärmt.«

»Freundlich. Nicht höflich.«

»Worauf willst du hinaus?«

Der Taxifahrer öffnete den Kofferraum und verstaute das Gepäck. Tomkin setzte sich auf den Beifahrersitz und drehte sich um zu Marie, wobei er sein großes, von einer Unmasse rotblonder Haare umrandetes Gesicht an die Kopfstütze seines Sitzes drückte.

»Bitte keine neue Ermittlung mehr, für diesmal, ja? Du hast zwei Wochen lang all deine kriminalistische Energie auf meine armselige Person konzentriert – lass uns noch einen letzten Tag Frieden halten, und dann bin ich wieder in London ...«

»... auf Nummer Sicher ...«

»... auf Nummer Sicher, genau. Ich habe nur andeuten wollen, dass du fleißiges deutsches Lieschen eventuell unter dem Einfluss der griechischen Sonne in einen gewissen Entspannungsprozess geraten bist, der dir ungewohnt ist und als Faulheit erscheint. Außerdem hast du dich von antrainierten Konventionen befreit – du springst nicht mehr auf, wenn der Lehrer zur Tür hereinkommt. Und findest dich nun unhöflich, leidest unter Strafangst und stehst in der Ungewissheit der freien ...«

»Okay, okay! Es reicht.« Marie Maas hob beide Hände gegen den Vordersitz. »Roonstraße bitte«, sagte sie Richtung Fahrer und spürte einen Augenblick lang den Wunsch, direkt ins Präsidium zu fahren. Nicht aus Arbeitswut oder weil sie ein »fleißiges deutsches Lieschen« war, sondern weil sie in ihrem Büro das Recht hatte, die Tür hinter sich zuzumachen, ohne dass deswegen jemand beleidigt wäre oder diese Selbstschutzmaßnahme persönlich nehmen würde. Was für ein Glück, einen Beruf zu haben. Irgendeinen. Und sei es nur, um sich vor seinen Liebsten zu schützen. Damit sie einen nicht auffressen mit Haut und Haaren. Dass Tomkin den ganzen Urlaub, zwei komplette Wochen, damit verbracht hatte, das vierte Kapitel seines ersten Romans umzuarbeiten, umzuschreiben, neu zu schreiben, davon war jetzt natürlich keine Rede. Das war seine künstlerische Berufung, die ihn keine Sekunde ruhen ließ und die dazu führte, dass er solche bürgerlichen Dinge wie Urlaub und Feierabend einfach nicht kannte. Dass er wie ein stets hungriger Wolf Tag und Nacht durch die Welt schleichen musste auf der Suche nach dem richtigen Wort, dem einzigen wahren Wort, diesem Satz, der aus einer einfachen Kette von Begriffen eine Aussage von jahrtausendeübergreifender Wahrheit machen würde, und ihn, den Schöpfer, die Mutter sozusagen, unsterblich.

Marie Maas seufzte und lehnte sich zurück in die dicken Polster des Mercedes, der sich langsam durch einen Stau auf der Fuhlsbütteler Straße schob.

»Ist dir warm? Soll ich die Lüftung anstellen?« fragte Tomkin besorgt.

Marie lächelte und schüttelte den Kopf.

»Wir sind in Hamburg, Tomkin. Es nieselt, und es sind etwa acht Grad Celsius. Wenn du ein bisschen die Heizung aufdrehst, tust du mir einen Gefallen.«

Am nächsten Morgen, nach einem ausgiebigen Frühstück, der Lektüre mehrerer Zeitungen und einem zweiten, gründlicheren Durchsehen der Post, brach Marie Maas auf zu einem kleinen Gang durchs Viertel. Sie kaufte Waschpulver in »ihrer« Drogerie und »ihren« Schinken bei »ihrem« Schlachter im Eppendorfer Weg. Sie genoss die ausführlichen Gespräche über unwesentliche Unterschiede in der Qualität der Waren und über das Wetter. Kein deutsches Wort würde jemals so freundlich und musikalisch – mehr als höflich, dachte sie trotzig – klingen wie Marias »Kalimera« auf Skopelos, aber dafür hatte die deutsche Sprache den Vorteil, dass die Kommissarin sie verstand. Und ausgeruht wie sie war, sah sie lange von der Brücke am Lehmweg aus in die trübe Brühe des Isebekkanals und philosophierte darüber, welche Bedeutung der Klang einer Sprache haben mochte in Bezug auf das Verstehen ihres Sinngehalts. Abschließend kaufte sie noch Tomaten, Gurken, Zwiebeln und Schafskäse beim türkischen Gemüsehändler, um für sich und Tomkin ein letztes griechisches Abschiedsessen zuzubereiten.

»Das Telefon hat zweimal geklingelt. Ich bin nicht rangegangen«, empfing Tomkin sie, ohne dabei von der Zeitschrift aufzublicken, die Marie aus dem Flugzeug mitgebracht hatte.

»Was liest du da? Den Artikel über diesen Industriedesigner?«

»Es war bisher *immer* so, dass du an unserem letzten Abend noch wegen irgendetwas ins Büro gerufen wirst. Dabei kann es überhaupt nichts so Wichtiges geben, dass es nicht bis morgen warten könnte. Du hast schließlich in Griechenland auch kein Telefon gehabt. Und Hamburg steht noch und ist nicht mit Leichen gepflastert.«

Die Kommissarin packte das Gemüse aus und drapierte es liebevoll in einen Korb. Rot, grün, weiß. Auf Skopelos wäre nun noch das Blau des Himmels dazugekommen. Keine Zwischentöne. Klare Formen. Geradlinige, tiefe Schatten. »Nur ein Grieche kann sich solche Formen einfallen lassen, findest du nicht?«

Sie hockte sich auf Tomkins Sessellehne und sah mit ihm gemeinsam in die Zeitschrift. Ein braungebranntes Gesicht mit Augen, so wach und leuchtend wie die eines kleinen Jungen, und trotz der kurzgeschnittenen grauen Haare ebenso jung aussehend, strahlte ihr auf einem der Fotos entgegen.

Alexander Wegener, Industriedesigner griechisch-deutscher Abstammung, lebt heute in Mailand und auf Syros, einer kleinen Insel in der nördlichen Ägäis. Daneben waren eine Espressomaschine, ein Fernseher und ein Kugelschreiber abgebildet, die er entworfen hatte. Der Fernseher, vielmehr seine Form, erinnerte die Kommissarin ganz ungemein an Griechenland. »Der weiß, wo es schön ist«, sagte sie und lehnte sich ein bisschen an Tomkins kräftige Schulter.

»Bitte, stell das Telefon leise, ja? Nur heute, nur bis morgen früh, nur einmal, ausnahmsweise.« Er ließ die Zeitschrift sinken und zog Marie Maas von der Lehne auf seine Knie. Sie machte sich sanft los und hätte hinterher schwören können, dass sie gerade aufstehen wollte, um seiner Bitte nachzukommen und den verdammten Apparat wirklich leise zu stellen. Aber wer glaubt einem schon hinterher die gute Absicht? Nicht mal so ein guter Freund wie Tomkin. Tatsache war jedenfalls, dass es genau in diesem Augenblick zu klingeln begann. Marie Maas sah an die Zimmerdecke und nahm nach einem abgrundtiefen Seufzer den Hörer auf.

2

Die Kommissarin blieb einen Augenblick im Wagen sitzen und wartete ab, bis Pinchas Zukerman den ersten Satz von Max Bruchs Violinkonzert beendet hatte. Ein paar Regentropfen liefen noch über die Windschutzscheibe, aber sie waren von den Birken und Akazien gefallen, unter denen sie ihren Wagen geparkt hatte; sie konnte ihren schwarzen Dienstregenschirm im Auto lassen. »Bachstraße«, stand in großen Lettern, Schwarz auf Weiß, auf dem Schild am Anleger auf dem Osterbekkanal. So ein Schild, wie es sonst nur auf Kleinstadtbahnhöfen zu finden ist, groß und deutlich, denn die Züge halten dort nur kurz, und es gibt keine Lautsprecherdurchsagen; man sitzt schön auf dem trockenen, wenn man die Station verpasst hat. Aber hier fuhr kein Zug, lediglich ein Dampfer des Hamburger Verkehrsvereins, und auch das nur in der Sommersaison. »Bachstraße«, so hieß der Fall jetzt erst mal, mangels anderer Bezeichnung und, ja, mangels Leiche.

Marie Maas schlenderte ein Stück am Ufer entlang. Hier war ein kleiner Park angelegt worden, ein paar Bänke, die jetzt, zwischen zwei Regenschauern, leer waren. Unter der einen Bank waren ein paar leere Bierdosen zurückgeblieben, und vor dem Gebüsch, das einen winzigen Spielplatz abteilte, lag ein weißes Paket, das sehr nach einer zusammengepackten Windel aussah. Die Papierkörbe leer bis auf eine nasse, zerknüllte Bildzeitung. Auf der anderen Seite des Kanals, sieben oder acht Meter entfernt, ragte die rotbraune Ziegelwand der Kampnagelfabrik auf, Halle vier. Oder war es die Requisite? Vielleicht hatte von dort aus jemand etwas gesehen oder gehört? Sie würde jemanden hinschicken, der sich umhören sollte. Man konnte diesen kleinen Parkflecken hier sowohl von der Barmbeker Straße als auch von der Weidestraße aus einsehen und natürlich von der Osterbekstraße, die direkt am Kanal entlangführte. Und wenn man aus der Bachstraße kam, sah man sogar den Bootsanleger. Aber sie konnten unmöglich alle Anwohner befragen.

Ein rot-weiß-grüner VW-Bus mit DLRG-Aufdruck bog jetzt aus der Weidestraße in die Osterbekstraße ein und suchte einen Parkplatz. Die Taucher. Die würden durch ihre Aktivitäten vielleicht ein paar Zeugen anlocken. Marie Maas ging langsam an dem Wagen, aus dem zwei kräftige Männer ausstiegen, vorbei, ohne sich zu erkennen zu geben. Sie musste erst einmal in die Osterbekstraße.

Die junge Frau war etwa einen Meter fünfundsiebzig groß, sehr schlank und drahtig und öffnete der Kommissarin mit einer Miene die Tür, aus der sie schleunigst ein Grinsen wegzuwischen versuchte. Ein spöttisches Zucken um die Mundwinkel blieb zurück. Ein Blitzen in den Augenwinkeln, das sie verbarg, indem sie permanent den Kopf hin und her drehte.

»Wollen Sie sich setzen? Oder stehen Sie lieber? Meine Erfahrungen mit der Polizei beschränken sich bisher aufs Fernsehen, wissen Sie.«

Sie wies auf eine hellbraune Ledergarnitur und dann aufs Fenster, dort befanden sich offenbar die Stehplätze.

Die Kommissarin, die sich beherrschen musste, um

nicht etwas verlegen an ihrem Trenchcoat herumzuzupfen, der sicherlich wieder vor dem Bauch beulte und über den Hüften zu viele Falten warf – das tat er immer, wenn er kritisch beäugt wurde –, zog es vor, sich erst mal ans Fenster zu begeben. Hier hatte sie eine Wand im Rücken, das hieß, von dort aus konnte niemand sie beobachten oder sich über sie amüsieren. Außerdem hatte sie von hier aus den Überblick über die Osterbekstraße und den Kanal, über den Tatort also – oder den Fundort, oder wie sollte man einen Ort nennen, an dem eine Leiche gesehen worden war? Nur ein einziges Mal gesehen, und zwar von dieser jungen Frau hier: »Frau Pop, das ist richtig, ja? Frau Theresa Pop.«

»Das ist richtig.«

Theresa Pop hatte sich auf die Couch gesetzt, die dem Fenster gegenüberstand. Breitbeinig, beide Ellbogen weit über die Rückenlehne gehängt und wieder mit diesem Gesichtsausdruck, als würde sie gleich platzen vor Lachen. Marie Maas merkte, wie ihre Verlegenheit sich langsam in Ärger verwandelte. Frau Pop hatte offenbar vor, ihr die Eröffnung zu überlassen. In Ordnung, sie sollte ihren Willen bekommen. Entschlossen verknotete die Kommissarin ihre Hände auf dem Rücken und begann einen Rundgang durch das Zimmer, das Kinn fest auf die Brust gedrückt und ohne die Gesten und die Mimik der jungen Frau weiter zu beachten.

»Sie sind dreißig Jahre alt, ledig, keine Kinderjournalistin, freie Journalistin, nicht wahr?« Sie drehte sich auf dem Absatz um und sah Theresa Pop an. Die hatte den Mund leicht geöffnet und lauschte dem Vortrag ihrer biographischen Daten wie ein Kind dem

Weihnachtsmärchen.

»Ja.«

»Und Ihr Fachgebiet ist Grafik ...«

»Design. Ich arbeite für die *Design Review.* Ist das irgendwie wichtig, Frau Kommissarin? Ich meine: wichtig für die Aufklärung dieses mysteriösen Mordfalles?«

Nun gelang auch Marie Maas ein feines falsches Grinsen. Nur noch einen ganz kleinen Augenblick, und dann würde sie sich wieder völlig im Griff haben. Selten kam es vor, dass jemand allein mit Dreistigkeit sie so aus der Fassung brachte. Sie langte in ihre Handtasche und zog einen etwas zerfledderten Stenoblock heraus. Der Bleistift fand sich ganz unten in der Tasche zwischen Tabakkrümeln und einem verklebten Bonbonpapier.

»Erzählen Sie mir doch noch einmal der Reihe nach, was Sie gestern Morgen gesehen haben, Frau Pop. Ich wurde gestern, an meinem letzten Urlaubstag, gegen vierzehn Uhr darüber unterrichtet, dass hier am Osterbekkanal, auf dem Anleger ›Bachstraße‹, am Morgen eine Frauenleiche gefunden, vielmehr gesehen worden war, die jedoch gegen elf Uhr, als meine Kollegen hier eintrafen, bereits verschwunden war. Die Spurensicherung fand nur eine dunkelblaue Sandale der Firma Birkenstock, Größe vierzig.« Die Kommissarin hatte sich gegenüber Frau Pop auf einem sehr stabil aussehenden Hocker niedergelassen, der sich nun, als sie darauf saß, als ein mit vielen Schichten Papier beklebtes Holzgestell entpuppte. Hoffentlich hielt das Ding. Sie war nicht bereit, ihre mühsam wiedererlangte Selbstsicherheit wegen eines in die Brüche gehenden Papierhockers, eines Designerscherzes, erneut zu opfern. Sie hob ihren Blick einen Zentimeter über den Notizblock hin zu Theresa Pops Füßen. Größe vierzig, das könnte hinkommen. Aber eine Quadratlatsche von Birkenstock an diesem schmalen Fuß? Unvorstellbar. Dieser Fuß hier würde sich verloren vorkommen in einem solchen Gesundheitsschuh. Theresa Pop legte den Gegenstand der Betrachtung auf das rechte Knie und den Kopf ganz in den Nacken und schloss die Augen

»Ich bin wie gewohnt gegen halb acht aufgestanden, habe mich angezogen und war gegen zehn vor acht Uhr unten zum Joggen. Manchmal fahre ich rüber in den Stadtpark, aber gestern hatte ich dazu keine Lust.« Sie machte die Augen auf, einen Spalt weit jedenfalls, so dass sie die Kommissarin kurz mustern konnte. »Gestern hatte ich keine Zeit dazu, wollte ich sagen.« Sie räusperte sich und faltete plötzlich mit einer blitzschnellen, gewandten Bewegung ihre sämtlichen langen Gliedmaßen wieder zusammen und saß sehr züchtig, sehr aufrecht ihrer Gesprächspartnerin gegenüber. Ihre Stimme erinnerte jetzt leicht an den Tonfall eines etwa zehn Jahre alten Mädchens. »Ich lief und lief, und was soll ich Ihnen berichten? Da lag sie plötzlich. Die Leiche.«

»So«, sagte die Kommissarin nach einer Pause, in der sie mit zusammengebissenen Zähnen bis zehn gezählt hatte, um nicht vorzeitig zu explodieren. »Da lag die Leiche und trug blaue Sandalen.«

Theresa Pop zögerte kurz und kicherte dann.

»So muss es wohl gewesen sein.«

Marie Maas gelang es, dank ihrer zwanzigjährigen Berufserfahrung, jetzt ganz cool aufzustehen, wieder einen kleinen Gang durch das große, helle Zimmer zu absolvieren, dann ganz dicht vor der in Kleinmädchenpose erstarrten Theresa Pop stehenzubleiben und erstaunlich ruhig zu sprechen.

»Frau Pop, ich bin vom Gesetz her verpflichtet, jedem angezeigten Kapitalverbrechen nachzugehen und dafür zu sorgen, dass die Täter gefasst werden und nicht weiteres Unheil anrichten können. In diesem Fall, in Ihrem Falle möchte ich mal sagen, gehe ich sehr stark davon aus, dass Sie –aus welchen Gründen auch immer – mit meiner Funktion und Aufgabe einen Scherz treiben wollen. Vielleicht wollen Sie sich nur wichtigmachen – das ist Ihnen gelungen. Die Presse war gestern hier, Sie haben Ihre Publicity gehabt. Ist es jetzt genug? Wollen wir das Spielchen nicht beenden? Meine Zeit ist kostbar und recht teuer für den Steuerzahler. Wissen Sie, was so ein Tauchereinsatz da draußen pro Stunde kostet?«

Theresa Pop starrte ein Weilchen auf ihre brav im Schoß zusammengelegten Hände und stand dann langsam auf. Sie war eine Schönheit, so wie sie sich bewegte. Ihr ungleichmäßiges, kantiges Gesicht konnte einen Augenblick lang überwältigend sein durch die Kraft und Energie, die diese Frau durchströmten. Schönheit von der Art, wie Tiere schön sein können. Pferde. Ja, daran erinnerte diese Frau Marie Maas: an ein wildes, ungebändigtes Fohlen.

Theresa Pop stellte sich an den Kaminsims – es gab nur diesen Sims und keinen Kamin darunter, wohl aber die Andeutung eines Schornsteins darüber, ein einfacher weißer Absatz in der Wand –, legte eine Hand auf die Steine und ließ das Schulterblatt unter ihrem Seidenhemd spielen. »Und wenn ich nun Angst habe, Frau

Kommissarin?«

»Wir können uns über die Folgen verständigen.«

»Nein, nein, Sie verstehen mich falsch.«

Sie drehte sich um und sah der Kommissarin direkt in die Augen. Zum ersten Mal.

»Ich habe Angst vor einem Mann.«

»Große Scheiße«, sagte Marie Maas und hängte ihren Mantel am Kragen auf den Garderobenhaken. Der Aufhänger war schon vor dem Urlaub abgerissen. Schon vor dem Sommer. Sie wurde allmählich genauso schlampig wie ihre Kollegen. Nur dass die alle eine Ehefrau zu Hause hatten, die sich damit abmühte, einen guten Eindruck zu machen. Na, so ganz stimmte dieses Klischee auch nicht mehr. Tatsächlich waren die meisten Kollegen inzwischen geschieden oder gleich Junggesellen geblieben, jedenfalls die auf ihrer Dienstgradebene. »Ganz große Scheiße, Karsten. Ich wünschte, ich wäre in Griechenland geblieben. Oder hätte zumindest das Flugzeug verpasst. Eine Woche länger Oliven und Retsina und die Sonne, nichts als Sonne.«

»Ich fürchte, dann würdest du jetzt auf einem griechischen Flughafen rumsitzen und dich ganz schön ärgern, Chefin. Na ja.« Er gähnte und füllte mit ein paar verlegenen Gesten seines übermäßig langen Körpers den engen Büroraum aus. Wie rührend, Karsten Scholz freute sich offenbar, dass sie wieder da war.

»Na ja was?«

»Na, schön dass du wieder da bist. Nicht nur wegen der ›Bachstraße‹, aber deswegen auch.«

»Was hältst du von der Angelegenheit?«

Karsten verzog sein hageres, langes Gesicht zu einer ganz verzweifelten Grimasse.

»Ehrlich gesagt: gar nichts.«

»Hab' ich auch erst gedacht.«

»Hm.«

»Hat das Labor schon was ausgespuckt?«

»Wozu denn? Keine Spuren, nichts. Nicht mal ein Haar auf der Wiese. Keine Blutspuren, nirgends, keine Schleifspuren. Die Tote muss quasi von allein ins Wasser gerollt sein.«

»Vielleicht ist sie gar nicht im Wasser gelandet.«

»Klar. Vielleicht kam gerade ein Alsterdampfer und hat sie mitgenommen. Gibt es da nicht eine direkte Verbindung zum Ohlsdorfer Friedhof?«

Marie Maas grinste und packte ihren Stenoblock aus. Den Bleistift ließ sie angesichts des beklagenswerten Zustands ihres Taschenbodens lieber, wo er war, und griff stattdessen nach einem versteckten Kugelschreiber in der Schreibtischschublade. Oberirdisch herrschte im Präsidium der gleiche Griffelklau wie in jedem anderen, Büro. Man musste alles verstecken.

»Sie könnte zum Beispiel von einem Auto abtransportiert worden sein.«

»Am helllichten Tag! Am Mittwochmorgen zwischen halb neun und half elf! Na klar. Schließlich hat sie ja auch außer dieser Dame Pop niemand gesehen. Die Barmbeker haben ja alle Tomaten auf den Augen. Wenn du meine Meinung wissen willst: Die Lady hat gesponnen. Ganz große Spinnerin, schon von Berufs wegen. Meine Meinung.«

Er drehte seine gespreizten Hände gegen Maries

Schreibtischfront und erhob sich abrupt wieder von dem Stuhl, auf dem er sich gerade zusammengefaltet hatte. Offenbar hatte Theresa Pop nicht nur Marie Maas auf die Palme gebracht. »Ich verstehe dich vollkommen, Karsten. Aber jetzt hör dir mal das an. Hat die junge Frau ihrer Aussage von gestern hinzugefügt. Es sollte auch erst mal unter uns bleiben. Theresa Pop hatte gestern Nacht Herrenbesuch. Man ist im Streit auseinandergegangen. Der Mann – ich sage dir gleich mehr über ihn – hat im Hausflur laut gerufen: ›Ich dreh' dir den Hals um‹, ehe er abgehauen ist. Dafür gibt es eine Zeugin, eine Nachbarin aus dem vierten Stock. Die hat diesen Satz zwei Etagen höher noch gehört.«

»Wann war das?«

»Gegen Morgen. Es war noch dunkel. Sechs Uhr etwa.«

»Und wer ist der Mann?«

»Das ist das Problem. Er ist ziemlich bekannt, ein Kollege von ihr. Ein Designer. Hat gerade einen Preis bekommen. Sie hat ein Interview mit ihm gemacht, hinterher sind sie was trinken gegangen, man gefiel sich, kam sich näher und so weiter, sie hat ihn noch zu einem Kaffee mit nach Hause genommen, und dann wurde er plötzlich zudringlich. Jähzornig. Hat sie bedroht. Sie war jedenfalls froh, als er endlich verschwand, und hat sich noch einen Augenblick schlafen gelegt. Dann ist sie wie gewohnt um halb acht Uhr aufgestanden und joggen gegangen. Und da lag dann die Tote auf dem Anleger. Und das – man kann es Frau Pop nicht ganz verübeln – hat ihr Angst eingejagt. Besonders angesichts der Tatsache, dass der toten Frau auf dem Anleger im wahrsten Sinne des Wortes der Hals umgedreht worden war. Als sie das sah, musste sie an die nächtliche Szene und die Drohung denken und ist in Panik davongerannt. Erst eine Stunde später war sie fähig, zum Telefon zu greifen und die Polizei zu rufen.«

Karsten Scholz zuckte die Achseln. Er hatte, gleich als er Theresa Pop kennengelernt hatte, beschlossen, von diesem Fall möglichst die Finger zu lassen. Er konnte damit nichts anfangen, weder mit dieser durchgestylten, extravaganten Frau noch mit einer wie auch immer gearteten verschwundenen Toten, und Barmbek als Stadtteil konnte er sowieso nicht leiden. Sollte doch Susanne Bollmann der Chefin Beistand leisten, die wohnte ja da in der Nähe und konnte sich eher in diese ungenießbare Mischung von Yuppietum und biederer Arbeiterromantik hineinversetzen, die dem Fall Bachstraße anzuhängen schien.

»Zudringlicher, abgewiesener Liebhaber, der inkognito bleiben muss, weil er berühmt ist, na Mahlzeit«, brummte Karsten.

»Wer hat denn was von inkognito gesagt? Sein Name ist Roland Schapp. Du schüttelst den Kopf? Sagt dir der Name nichts?«

»Ich kann nichts damit anfangen, Marie. Ehrlich nicht.«

»Na gut. Aber ich bin neugierig, und du kannst dich in der Zwischenzeit ja selber beschäftigen.«

3

Es war schon dunkel, als Marie Maas nach Hause kam, und statt das Flurlicht anzuknipsen, ging sie direkt in ihr Wohnzimmer und hinüber zur Stehlampe. Ihre Augen waren zu müde für helles Deckenlicht. Einen Augenblick lang hielt sie den eckigen, kleinen Plastikschalter fest und tastete ihn mit den Fingerspitzen ab. Weiß, dachte sie und wunderte sich, dass das schon alles war, was ihr einfiel. Weiß und spitze Ecken. Ja, sie gehörte auch zu den Menschen ohne Geschmack und Formempfinden. Auf dem Fußboden zwischen Lampenfuß und Sessel stand das Telefon. Grün. Warum? Sie hatte einfach »grün« eingetragen in dem Antragsformular, ohne lange zu überlegen. Warum hatte sie inzwischen kein neues Telefon bestellt, kein formschöneres? Es gab doch hübschere als diese alten, bei denen der Hörer quer über der Wählscheibe lag wie ein Puppenarm. Sie wählte immer nur danach aus, ob etwas sie an etwas anderes, Vertrautes erinnerte. Oh, Himmel, sie war offenbar ein zutiefst konservativer Mensch.

Mit einem leisen Zischlaut ließ sie die Luft aus den Lungen und plumpste in einen Sessel, ohne Mantel und Schuhe auszuziehen. Der Tisch, die Vorhänge, das Bücherregal, der Glasschrank, der Teppichboden – alles war von Menschenhand geformt. Nichts hier um sie herum war gewachsen. Die Straße, die Stadt, das ganze Land, ganz Alteuropa war durchgestaltet von Menschenhand – seit Jahrhunderten. Ein Baum, konnte man sagen, war noch ein Stückchen eigenwillige Natur. Aber selbst das stimmte nicht mehr ganz, die Bäume waren zurechtgestutzt und zurechtgezüchtet, und demnächst, mit dem Fortschreiten der Gentechnologie, würde es auch dafür keine zuverlässigen Kriterien mehr geben. Und sie, Kriminalhauptkommissarin Marie Maas, die sich durchaus für einen bewusst lebenden, auf eigene Ansichten und Einschätzungen bauenden Menschen hielt, hatte noch nie im Leben einen Gedanken an die Form verschwendet. An die Form der Dinge um sie herum, an ihre Gestaltung. Dass sie zwischen rund oder eckig entschied, war das höchste der Gefühle, oder zwischen zwei Farben, aber warum sie so und nicht anders entschied – keine Ahnung. Warum ihr etwas gefiel – einziger Anhaltspunkt: Es erinnerte sie an etwas Bekanntes. Wie schrecklich! Wie rückwärtsgewandt, wie statisch, genau das, was sie nie hatte werden wollen! Und warum war sie so geworden? Aus Dummheit, aus Hilflosigkeit, aus mangelnder Aufmerksamkeit?

Entschlossen stand sie auf und tappte in die Küche. Gelb und trüb war der Lichtkegel, den die Lampe auf den Küchentisch warf. Die Arbeitsflächen an der Längsseite blieben im Dunkeln. Die Neonröhre über der Spüle war schon lange defekt, sie flatterte wie ein sterbender Vogel und wurde nicht mehr benutzt, aber auch nicht ersetzt. Wie gewohnt im Halbdunkel, sich selbst im Licht stehend, hantierte die Kommissarin mit dem Wasserkessel. Er war so ziemlich das unpraktischste Gerät in ihrer Küche. Rot emailliert, mit einer ganz dünnen, hoch aufgerichteten Tülle, so dass der Deckel geradezu vom Kessel fallen musste, wenn man die untere Hälfte des Wassers aus dem Kessel goss. Sofern man sich nicht schon vorher die Hand verbrüht oder die Geduld verloren hatte mit dem langsam rinnenden Wasserstrahl. Warum gab sie sich mit solchem Schund zufrieden? Lieferte sie bei ihrer Arbeit auch so lausige Ergebnisse ab? Und gaben sich die Untersuchungsrichter und vor allem die Beschuldigten und ihre Anwälte mit löchrigen Beweisketten und widersprüchlichen Zeugenaussagen zufrieden? Ärgerlich riss sie ein Streichholz an und hielt lange den Gasknopf fest, damit die Flamme anblieb. Gewohnheiten. Man gewöhnte sich an all diese unpraktischen, unfertigen, schlecht ausgedachten, schlecht gemachten Werkzeuge, die den Alltag erleichtern sollten. Eine Massengesellschaft: Für jeden einzelnen Menschen eine Küche, ein Gasherd, ein Wasserkessel, eine Teekanne, da kann nicht jeder das Feinste vom Feinen haben. Da muss man sich mit Serienerzeugnissen zufriedengeben, mit billigem, schlecht verarbeitetem, minderwertigem Material. Oder wieder zusammenrücken, um einen großen Tisch, mit einem großen, soliden, gut durchdachten Kupferkessel, der ein ganzes Menschenleben lang hielt.

Oh, Himmel. Marie Maas schlug die Hände vors Gesicht und lehnte sich müde gegen die Anrichte. Sie wagte nicht, zur Küchenuhr zu sehen, aus Angst vor dem nächsten Designschock. Sie wusste, dass diese weiße Plastikuhr, die sie vor ein paar Jahren ganz billig im Fotoladen Ecke Wrangelstraße gekauft hatte – ja, sie hatte sie gekauft, weil sie so billig war und weil sie gerade eine Uhr in der Küche haben wollte, um beim Frühstück mit einem Blick zu wissen, wie spät es war und ob sie das Feuilleton noch in Ruhe zu Ende lesen konnte oder nicht –, diese Uhr war sterbenshässlich. Sie sah nicht hin. Sie schlich aus der Küche, zog im Flur nicht nur den Mantel und die Schuhe aus, sondern auch alles übrige, tapste nackend ins Bad und wickelte sich, ohne einen Blick in den Spiegel zu werfen, in ihren alten, formlosen Bademantel und ging zurück ins Wohnzimmer und an die Stereoanlage. Was hatte sie heute Morgen im Autoradio gehört? Max Bruch, Violinkonzert. Sie fand die Platte, wenn auch nicht mit Pinchas Zukerman als Solist. Entspannt ruhte ihr Blick auf den schwarzen Flächen und Feldern des Hi-Fi-Turms. Keine drei Monate alt. Ein Markenartikel. Neues Design. Hatte viel Geld gekostet. Aber mal musste man sich was richtig Gutes gönnen. Es sich was kosten lassen. Offenbar waren ihr ihre Ohren und Hörerlebnisse mehr wert als die anderen Sinnesorgane und deren Bedürfnisse. Den Schmutz und Schund, die Hässlichkeit, die sie ihren Augen zumutete, würden ihre Ohren nie dulden. Gut so.

»Die meisten Menschen haben überhaupt keinen Geschmack«, hatte Theresa Pop gesagt. »Man denkt, sie hätten einen schlechten Geschmack, aber das ist nicht richtig. Sie haben gar keinen Geschmack. Sie kaufen einfach, worüber sie gerade stolpern, was ihnen die Verkäufer empfehlen, was die Nachbarn auch haben oder was die Werbung ihnen präsentiert.«

»Aber es muss doch schrecklich sein für einen Designer, für solche Menschen zu arbeiten. Das heißt doch, in den leeren Raum hinein zu arbeiten.«

»Na und? Sie sind vielleicht romantisch. Wird man so bei der Polizei?«

Marie Maas hatte erstaunt geschwiegen. Das hatte sie sich noch nie gefragt.

Theresa Pop war in der Küche verschwunden, die sich mit einem offenen Durchgang ans Wohnzimmer anschloss, und mit einem hellbraunen Umschlag in der Hand zurückgekommen.

»Wissen Sie«, murmelte sie, während sie einen dicken Stapel Fotos halb aus dem Umschlag zog und flüchtig durchsah – bei manchen Fotos lächelte sie und blätterte dann rasch weiter –, »wissen Sie, ein Designer ist wie ein Chirurg. Der legt auch keinen Wert darauf, dass seine Patienten seine Arbeit genau einzuschätzen vermögen. Sie sollen einfach nur mit dem Ergebnis zufrieden sein – und dafür entsprechend bezahlen. Nicht mehr.« Sie schob sich drei Fotos zwischen die Lippen und verpackte die übrigen wieder in dem Umschlag, den sie zwischen Kinn und Brust geklemmt hatte, während sie mit beiden Händen hantierte. »Aber auch nicht weniger«, fuhr sie fort, als die Fotos verstaut waren. »Das schlimmste sind für Roland Schapp Kunden, die ›genaue Vorstellungen‹ haben. Hier, wenn Sie wissen wollen, was er für ein Mensch ist, studieren Sie seine Arbeiten. Typische Arbeiten von Roland Schapp.«

Marie Maas starrte auf die Fotos, die Theresa Pop ihr unter die Nase hielt. Auf dem ersten Foto war ein Haartrockner abgebildet, ein schneckenförmiges, graues Plastikgehäuse für den Ventilator und eine verchromte, glänzende Düse. Wenn sie sich recht entsann, hatte sie früher einmal genau so ein Modell besessen. Musste schon ein paar Jährchen her sein. Auf dem nächsten Foto war ein Wecker abgebildet und auf dem dritten ein Wasserkocher. Ganz hübsches Spektrum, in dem der Herr Chefdesigner sich bewegte.

»Die Uhr ist berühmt«, erklärte Theresa Pop; offenbar hatte sie den Eindruck, dass die Kommissarin kein rechtes Verständnis für die Produkte zeigte. »Sie funktioniert wie ein Stehaufmännchen, sie kann nicht umfallen.«

»Ah ja, wie praktisch.«

»Schapp ist ein Designer, der Problemlösungen realisiert.«

Marie Maas sah sich die Fotos jetzt ganz genau an.

»Und was meinen Sie damit, er wäre durch seine Arbeit kennenzulernen? Hat er eine Art Handschrift, eine bestimmte Art, die Probleme zu lösen, an der man ihn erkennt?«

»Im Gegenteil. Herr Schapp hält überhaupt nichts von ›Handschriften‹. Sowenig, wie er seine Produkte zu schmücken pflegt. Verstehen Sie?«

»Nun, dann ist vielleicht das seine Handschrift.«

Das ist sein Charakter.«

»Wer hat diese Fotos gemacht?«

»Ein Kollege von mir. Warum? Ist das für Ihre Ermittlungen wichtig?«

»Ich weiß noch nicht, was an diesem Fall wirklich wichtig werden wird.«

»Ach so.« Unwirsch ließ sich die junge Frau wieder auf die Lederpolster fallen. Sie hatte offenbar seit der Pubertät keine neuen Verhaltensweisen gelernt. Es sah aus, als ob das Thema Roland Schapp, ihre Angst vor ihm, die tote Frau am Anleger Bachstraße – als ob all das sie plötzlich langweilen würde.

»Haben Sie keine Fragen mehr, Frau Kommissarin?«

»Nein«, sagte die Kommissarin. »Im Augenblick nicht. Wenn die Froschmänner da draußen nichts finden, bleibt uns wohl nichts anderes übrig, als Ihre Beschreibung der Leiche an die Presse zu geben. Irgendjemand wird die Frau ja vermissen, sie wird irgendwo fehlen. Ohne das Opfer zu kennen, kommen wir nicht weiter.«

Sie stand auf und ging ein paar Schritte in Richtung Tür.

»Und was Herrn Schapp betrifft …« Sie zögerte. Da war wieder dieses irritierende Blitzen in den Augen von Frau Pop. Es brachte die Kommissarin sofort wieder auf abwegige Gedanken, aber sie riss sich zusammen. »Ich kann da im Augenblick noch nicht viel unternehmen. Ich werde Erkundigungen über ihn einholen. Genügt Ihnen das? Oder fühlen Sie sich so bedroht, dass Sie sich hier nicht sicher fühlen?«

Theresa Pops Mundwinkel zuckten. Sie antwortete mit einer Kleinmädchenstimme.

»Ich darf eben niemandem so ohne weiteres die Tür öffnen, nicht wahr?«

Die Kommissarin nickte und trottete wie ein müder Zirkusgaul durch den Flur. Gut möglich, dass diese Frau sie total zum Narren hielt. Vielleicht wurde sie langsam zu alt für diesen Job. Dreiundvierzig Jahre, und ziemlich ausgebrannt. Zwanzig Jahre Polizeidienst. »Warten auf den Tod und die Pension«, hatte sie einmal in einem Gedicht von Raimund Petschner gelesen. Sie hatte das damals köstlich gefunden. Genauso geht es doch zu, in dieser Gesellschaft: Erst stirbt man bei lebendigem Leibe, und dann gibt's die Pension. Sie hatte natürlich niemals damit gerechnet, dass es ihr eines Tages genauso gehen könnte. Zumindest einen Vormittag lang, nach einer viel zu kurzen Urlaubsreise in ein viel zu schönes Land.

»Ich lasse von mir hören«, sagte sie matt und sah erst zu spät, dass Theresa Pop ihr die Hand zum Abschied hingestreckt hatte. Sie zog sie nun rasch wieder zurück und tat so, als hätte sie damit nur die Tür aufgehalten. Plötzlich erschien wieder so etwas wie Furcht in den Zügen der jungen Frau. Keine Frage: Die Kommissarin würde diesen Fall ganz sachlich und ordnungsgemäß behandeln wie jeden anderen auch.

Mit einem leisen Klicken schwenkte der Plattenspielerarm in seine Ruheposition. Vom zweiten und dritten Satz des Violinkonzertes hatte Marie Maas wieder nichts mitbekommen, so sehr war sie in Gedanken gewesen. Sie stand rasch auf, um das Teewasser abzustellen. Erst jetzt, wo die Musik geendet hatte, hörte sie den Wasserkessel fauchen. Fast das ganze Wasser war schon verkocht. Mit zwei Topflappen bewaffnet, begann sie, das übriggebliebene Wasser in die Tasse mit dem Teebeutel zu träufeln. Vielleicht sollte sie sich einfach mal auf die Suche nach einem neuen Kessel machen. Womöglich einem mit funktionierender Pfeife. Das wäre doch mal eine lohnende Investition. Sie hielt einen Moment inne. Sie hatte doch heute irgendwo ein Haushaltswarengeschäft gesehen? In der Bachstraße? Richtig. Nach ihrem Besuch bei Theresa Pop, als sie noch einmal die Straßenmündungen am Osterbekkanal abgeklappert hatte, um abzuschätzen, von wo aus man die Leiche hätte sehen müssen. Dabei war sie an so einem Geschäft vorbeigekommen. Ein alter Herr hatte vor dem Schaufenster gestanden, ganz versunken in den Anblick der Auslagen. Seit wann interessierten sich Männer für die neuesten Ausgaben von Dreigangmixern, Salatschüsseln mit passendem Salatbesteck, Serviettenhaltern und Schnellkochtöpfen? Aber natürlich waren sie gute Kunden in Haushaltswarenläden. Man denke nur an die Geburtstagsgeschenke für Mütter und Großmütter: Containerladungen von Haushaltsgeräten kamen da zusammen. So als hätten Mütter und Hausfrauen überhaupt keine anderen Interessen und Beschäftigungen als ihre nie endende Küchenarbeit. Abenteuerliche Schnitzelwerke, komplizierte und umfangreiche Entsaftungssysteme mit Zusatztrichtern, Filtern und aufzuschraubenden Röhren gab es da, und praktischerweise konnte man dann am folgenden Geburtstag/Muttertag/Weihnachten noch ein paar Ergänzungsdrehscheiben oder Aufsteckspindeln dazu schenken und war, bei geschickter Auswahl der Basismaschine, für ein paar Jahre der schwierigen Geschenkfrage enthoben. Es sei denn, die beschenkte Mutter trat in Streik oder kam plötzlich auf den verwegenen Gedanken, den automatischen Teigroller oder das elektrische Brotmesser einfach nicht zu brauchen. Irgendwann wurde wohl jeder Hausfrau der Gerätestau in ihrer Küche zu viel. Und sei es nur, weil alle Küchenschränke und Stellplätze hoffnungslos überbelegt waren.

Wahrscheinlich war der alte Herr vor dem Schaufenster auch auf Geschenksuche für seine bessere Hälfte gewesen. Marie Maas hatte im Vorübergehen seinen abgetragenen Mantel registriert und das Hervorlugen eines altmodischen braun und schwarz karierten Herrenschals über dem Kragen. Die etwas zu lang und zu struppig darüber stehenden Nackenhaare, grau, schwarz, weißmeliert. Alles nicht mehr so ganz akkurat. Ein bisschen resigniert. Und für einen Augenblick war ihr eine Statistik eingefallen über die zunehmende Armut von Rentnern, mit steigender Tendenz vor allem für die kommenden Generationen. Da war sie also wieder angelangt bei ihrer Pension.

Widerwillig nahm sie den Teebeutel aus der Tasse und holte sich ein schmales Schnapsglas aus dem Schrank. Wie gut, dass sie sich eine Flasche Metaxa aus Griechenland mitgebracht hatte.

4

Aber sie war in Panik! Nichts als Angst – da reagiert man doch nicht mehr vernünftig.«

»Auf jeden Fall ist es völlig verkehrt, wegzulaufen. In einer Parzellensiedlung, Susanne, ich bitte dich.«

»Ich kenne diese Situation, mir hat auch schon mal so ein Schwein aufgelauert, das ist schrecklich! Du hast einfach Angst, du läufst einfach davon, du bist unter Schock. Ganz automatisch fängst du an zu rennen.«

»Aber das wollen diese Kerle doch nur. Wenn sie merken, dass eine Frau Angst hat, werden sie erst recht scharf.«

»Man denkt aber nicht mehr logisch, Yalcin, wenn man Angst hat. Kannst du dich denn gar nicht in die Situation hineinversetzen? Du bist doch auch schon bedroht worden, abends in der U-Bahn.«

»Das war was anderes.«

»Warum? Weil du ein Mann bist? Und zufällig auch noch Kripobeamter? Abends allein in der U-Bahn kannst du auch nicht viel machen gegen jemanden, der dir an den Kragen will.«

»Das waren Skins, und die haben mich angegriffen, weil ich Türke bin, jedenfalls türkische Eltern habe, und man mir das ansieht.«

»Ich verstehe dich nicht. Ich weiß nur eines: Im Laufe dieses Jahres sind in Hamburg drei Frauen umgebracht worden. Sie weisen keine Gemeinsamkeiten auf, sahen sich nicht ähnlich, waren ganz unterschiedlich alt und sind in ganz verschiedenen Gegenden umgebracht worden.«

»Im Fall Bachstraße ist zunächst mal noch niemand mit Sicherheit umgebracht worden. Jedenfalls wissen wir noch nichts Genaues. Und können deshalb auch meiner Meinung nach noch keine tatsächliche Ermittlung wegen Mord einleiten.«

»Aber wir wollen doch herausfinden, ob etwas an der Zeugenaussage dran ist, oder? Manchmal habe ich den Eindruck, du wärst im Finanzamt wesentlich besser aufgehoben. Oder irgendwo, wo es keine offenen Fragen gibt.«

Susanne Bollmann raschelte mit den Zeitungen und deutete an, dass sie das Gespräch für beendet hielt.

Marie Maas, die vom Nebenzimmer aus versucht hatte zu telefonieren, setzte sich wieder auf ihren Platz im Besprechungsraum, in dem Susanne Bollmann und Yalcin Özökül, die beiden Kriminalwachtmeister, die ihr zur Ausbildung zugeteilt worden waren, am Tisch saßen und die Pressemitteilungen durchsahen. Die Luft war trocken und abgestanden und roch nach kaltem Rauch. Seitdem ein paar Kollegen voller Dramatik das Rauchen aufgegeben hatten, war per Dienstanweisung das Rauchen in Räumen, die von mehreren Kollegen gemeinsam genutzt wurden, wie beispielsweise die Besprechungszimmer, in allen Abteilungen verboten worden. Es standen seitdem auch tatsächlich keine vollen Aschenbecher mehr herum, aber geraucht wurde trotzdem wie eh und je. Die Kommissarin öffnete das Kippfenster und lehnte sich gegen die Fensterbank.

»Kommt Karsten nicht?« fragte Yalcin.

»Der hat darum gebeten, bis auf weiteres von diesem Fall suspendiert zu werden«, antwortete Marie Maas.

»Außerdem ist er noch mit der Sache Köhn befasst.«

»Schon wieder eine Schießerei auf dem Kiez?«

Schießereien auf dem Kiez wurden so langsam Karstens Spezialität. Er arbeitete gern mit dem MEK zusammen. Das waren so richtig harte Jungs. Da wurde nicht stundenlang überlegt und geknobelt, was wohl passiert sein mochte, da lagen die Karten offen auf dem Tisch, und es ging nur darum, wie man am schnellsten und härtesten eingriff und möglichst reibungslos möglichst viele Gefangene machte. »Sieben auf einen Streich«, in Anlehnung an das tapfere Schneiderlein, auf solche Ergebnisse waren die Kollegen dort stolz. Während Marie Maas eher froh war, wenn sich am Ende ihrer Ermittlung herausstellte, dass es »nur« um menschliches Versagen gegangen war, einen Unfall sozusagen; Wutanfälle und sogar diese Harakiri-Aktionen, die ganze Familien auslöschten und ihrer Meinung nach auf das Konto eines völlig entgleisten gesellschaftlichen Lebensmodells gingen, zählte sie dazu. Aber Karsten Scholz, den sie wirklich sehr schätzte, hing ernsthaft einer Theorie der Bosheit an; es war ihm einfach nicht auszureden. In seinem Weltbild gab es ein paar böse Buben und ein paar verlogene Frauen, und dummerweise war er, Karsten Scholz, vom Schicksal dazu auserkoren, diese schwarzen Schafe aus dem Heer der lieben Menschen auszusondern. Wie es dann mit ihnen weiterging, darüber machte er sich schon wieder keine Gedanken mehr. Dafür gab es dann andere, ähnlich gesinnte »Zuständige« im Justiz- und Strafvollzugsapparat, die in diesem System von Gut und Böse Aussonderung und Umerziehung ersannen und erprobten. Die Endprodukte dieser Methode liefen

Marie Maas und natürlich auch all ihren Kollegen dann früher oder später wieder über den Weg. Meistens im Innern eine Nummer schärfer geladen als vorher, mit noch weniger Achtung vor sich selbst und daher noch niedrigerer Hemmschwelle vor der Würde der anderen. Dieser Kreislauf war einfach ermüdend und brachte die Kommissarin zu der gelegentlichen Überlegung, ihren Job endgültig an den Nagel zu hängen. Das Problem war nur, dass sie nichts anderes gelernt hatte und auch zu phantasielos war, um sich eine andere sinnvolle Beschäftigung vorzustellen.

»Fangen wir einfach an. Der Kollege aus dem Labor wird wohl gleich kommen. Und der Chef hat heute keine Zeit, ich werde ihm die Ergebnisse am Nachmittag referieren. Was sagt die Presse, Susanne? Können Sie das bitte kurz zusammenfassen?«

»Dem *Abendblatt* von Mittwoch war die ganze Sache nur eine kurze Notiz wert: ›Am frühen Dienstagmorgen wurde auf dem Anleger Bachstraße am Osterbekkanal die Leiche einer älteren Frau gefunden. Als die Mordkommission eintraf, war der Leichnam jedoch verschwunden. Die junge Frau, die die Leiche gesehen hat, eine Anwohnerin, ist sich ganz sicher, dass die Frau tot war. Die Polizei steht vor einem Rätsel.‹ Das war wohl die dpa-Meldung, jedenfalls wurde der Text auch von der *Welt* und der *Bildzeitung* so gebracht. Und ähnlich lautete auch der kurze Bericht der *Morgenpost* von gestern. Heute aber hat die *Morgenpost* dies hier gebracht.«

Susanne Bollmann hielt sich die aufgeschlagene Zeitung vor das Gesicht. Über zwei Seiten breitete sich ein Artikel über Theresa Pop aus, mit zwei Fotos von ihr in ihrer Wohnung und auf dem Anleger, über das Geländer gelehnt in einem schicken Seidenparka. »Soll ich mal vorlesen?«

Marie Maas nickte. »Den Anfang zumindest.«

»Dienstagmorgen, acht Uhr fünfundvierzig Die junge Journalistin Theresa Pop zieht sich ihre Sportleggings an und steigt in die Laufschuhe. Wie jeden Morgen will sie am Ufer des Osterbekkanals joggen ...‹«

»Ach, geben Sie mal her. Das kennen wir doch alles schon auswendig.« Marie Maas zog die Zeitung zu sich herüber und überflog unwirsch den Artikel. »Dachte ich es mir doch. Hört mal zu: ›Am späten Nachmittag und Abend habe ich gearbeitet‹, erzählt die attraktive dunkelhaarige Journalistin. ›Ich habe ein Interview mit einem bekannten Designer gemacht, für die *Design Review,* für die ich arbeite. Das ist eine ganz neue Zeitschrift auf dem Fachzeitschriftenmarkt.‹ Da haben wir es: Schleichwerbung. Genauso hatte ich es mir vorgestellt. Und dann wahrscheinlich ...« Die Kommissarin blätterte nervös in der Zeitung herum. »Na bitte. Eine feine Werbeanzeige für die *Design Review.* Sehen Sie mal nach, Susanne, wahrscheinlich ist gleich eine ganze Anzeigenkampagne geschaltet.«

Susanne Bollmann fand je eine Werbeanzeige in der *Welt* und im *Abendblatt,* und Yalcin zog noch seinen privaten *Spiegel* hinzu; in ihm wurde ebenfalls für das neue Designerblatt geworben.

»Fragt sich nur, ob das Zufall ist oder ob die PR-Abteilung flink die Situation genutzt hat ...«

»Oder ob die ganze Sache schlau eingefädelt wurde und wir hier die Dummen sind«, führte Susanne die

Überlegung zu Ende.

»Schade, dass wir uns diesen Designer nicht mal vorknöpfen können«, sagte Yalcin.

Marie Maas zögerte. Warum eigentlich nicht?

»Falls ihr es noch nicht wisst«, sagte sie. »Die Taucher haben natürlich nichts gefunden. Auch keine zweite Sandale. Apropos Sandale. Susanne, rufen Sie doch mal im Labor an, ob die uns jetzt auch sitzenlassen mit ihrem Bericht.«

Susanne kam nach einer Minute zurück.

»Ein Bote ist mit dem Bericht unterwegs. Hillmann kann nicht kommen, er erstickt in Arbeit.«

»Klar«, sagte Marie und biss sich kräftig auf die Unterlippe. Ganz deutliches Signal von allen Seiten, dass dieser Fall kein Fall war und als solcher im »Strohhaus« nicht anerkannt wurde. Nur sie fühlte sich dummerweise immer noch verpflichtet, den Dingen ordnungsgemäß nachzugehen. Wenigstens sollten sie versuchen, die Sache so schnell wie möglich hinter sich zu bringen. Als der Bote mit dem Laborbericht kam, hatten sie die misslichen Zeitungsmeldungen beiseitegelegt, frischen Kaffee besorgt und waren dabei, die Aufgaben zu verteilen. Die Kommissarin nahm den Bericht entgegen und las ihn laut vor.

»Bei dem am Tatort gefundenen Schuh handelt es sich um eine rechte Sandale der Firma Birkenstock, Farbe Dunkelblau, Größe vierzig. Es lassen sich folgende Rückschlüsse auf seinen Besitzer oder seine Besitzerin ziehen: Vermutlich gehörte die Sandale einer Frau, da die Firma Birkenstock für Herren eine Extraanfertigung, die etwas breiter ausfällt, bereithält. Auch die

Austretung des Fußbettes lässt eher auf eine Besitzerin schließen. Im Übrigen ist der Schuh noch neu, relativ selten getragen. Man könnte auf einen leichten Hallux vulgus schließen, eine sogenannte Hammerzehe und die damit verbundene Neigung, über den äußeren Rand des Schuhs abzurollen, um den Ballen zu entlasten.

Ferner ist festzustellen, dass die Besitzerin den Schuh mit Socken trug, denn Schweißspuren fehlen vollständig. Es fanden sich mikroskopische Reste von Wollfasern in blauen und grünen Farbtönen. Das Oberleder wurde mindestens einmal mit Schuhcreme gereinigt. Auf der Schuhunterseite fanden sich keinerlei Feuchtspuren, wie es doch für die Fundstelle – Bootsanleger, Parkgelände – nahegelegen hätte. Die gummierte Unterseite des Schuhs war sauber bis auf eine ältere verkrustete, mikroskopische Sandspur. Offenbar wurde der Schuh in letzter Zeit nur in der Wohnung getragen.«

Marie Maas ließ den Bericht sinken und sah ihre beiden Kollegen neugierig an.

»Was sagt ihr dazu? Hat doch jemand einen schönen neuen Schuh in die Landschaft geschmissen.«

»Dabei sind die Dinger teuer, und wer Birkenstock trägt, ist kein Verschwender.«

»Hmhm. Und warum hat sie den anderen Schuh behalten?«

»Oder es hat doch jemand da gelegen. Nur mal angenommen«, entschuldigte Yalcin sich gleich. »Nur mal angenommen, dort wurde eine Leiche hingelegt. Zum Beispiel ...«

»Zum Beispiel?«

»Na, es könnte doch sein, dass sie mit einem Boot gebracht wurde. Und von dort aus irgendwohin sollte ...«

»Dass sie quasi umgestiegen ist ...«

»... dass man sie auf ein anderes Boot geschafft hat.«

»Und solange lag sie auf dem Anleger und verlor dabei einen Schuh«, spann Susanne die Theorie weiter. »Gut, Yalcin, und warum das Ganze?«

»Vielleicht ... ich meine, vielleicht ist sie gar nicht dort getötet worden.«

»Klar. Verstehe. Nur zwischengelagert.«

Marie Maas stand auf und überließ ihre beiden jungen Kollegen ihren Spekulationen und Spielereien – bei diesem Job musste so etwas von Zeit zu Zeit erlaubt sein. Wie für Menschen, die im Krankenhaus arbeiten und Tag für Tag mit tragischen Situationen konfrontiert sind, gehört auch bei der Kripo eine gewisse Portion schwarzer Humor dazu, zumindest zu Anfang, um sich für den Umgang mit dem Tod eine professionelle Haltung zu erarbeiten.

Auf ihrem Tisch lagen ganz zuoberst die Fotos, die Theresa Pop der Kommissarin überlassen hatte. Wenn sie Roland Schapp kennenlernen wolle, müsse sie seine Arbeiten studieren, hörte sie noch die Journalistin sagen.

»Hier, Yalcin, was halten Sie von einem Mann, der sich solche Dinge ausdenkt? Das sind Produkte, die im Hause Schapp entworfen wurden.«

»Genial einfach«, brummte Yalcin, dem das Geplänkel mit Susanne Bollmann die Laune verdorben hatte.

»Wie bitte?«

»Ach, es wird halt bei seinem Job nicht anders sein als in unserem. Die einfachsten Lösungen sind die besten.«

Marie Maas traute ihren Augen nicht, als sie schräg über den Bordstein vor dem Haushaltswarengeschäft in der Bachstraße einparkte und den alten Herrn mit dem braun und schwarz karierten Schal wieder vor dem Schaufenster stehen sah. Er hatte die Hände auf dem Rücken gefaltet und wippte ganz gelassen auf den Spitzen seiner schwarzen, blitzblank geputzten Lederschuhe, deren schiefgetretete Absätze dadurch um so mehr auffielen. Von der Seite beobachtete Marie Maas, dass seine Wangen und sein Kinn voll weißer, kurzer Bartstoppeln standen und unter der dunkelblauen Schiffermütze sich wieder der helle, unordentliche Haarkranz hervorkräuselte. Der Alte pfiff tonlos oder hatte jedenfalls die Lippen gespitzt, bis er plötzlich merkte, dass er beobachtet wurde, und sich zu Marie Maas umwandte. Sofort sackten seine Züge zusammen – wie ein Wäschelaken, das von der Leine gefallen ist. Und ebenso ausgeblichen. Seine Lider waren gerötet, wie entzündet. Was mochte er da nur hinter der Scheibe so Tröstliches betrachtet haben?

Die Kommissarin nickte ihm zu wie einem flüchtigen Bekannten, aber er erwiderte ihren Gruß nicht. Plötzlich kam sie sich vor wie ein Eindringling. Sie hatte kein Recht, diesen Menschen zu beobachten, er war schließlich nicht Objekt ihrer Ermittlung. Sie war so peinlich berührt von der völlig zu Recht abweisenden Haltung dieses Mannes, dass sie nicht einmal mehr wagte, ihren Vorsatz auszuführen und den Haushaltswarenladen zu betreten. Ein andermal. Jetzt war sowieso gleich Mittagspause.

»Frau Böhme ist nicht da«, sagte Susanne Bollmann

und ging mit ihren großen, sportlichen Schritten zurück zum Dienstwagen. »Ich dachte, Sie hätten einen Termin mit ihr vereinbart?«

»Ja. Nein. Nicht so direkt. Wir werden sie eben bei der Arbeit aufsuchen.«

Als Kriminalhauptkommissarin hat mal wohl auch mal das Recht, während der Dienstzeit einen Wasserkessel zu kaufen, oder andere, dringend notwendige Dinge. Nur muss man das irgendwie vor seinen Untergebenen tarnen. Jedenfalls so lange, bis sich herausgestellt hatte, wie loyal sie waren. Aber das konnte sie Susanne jetzt unmöglich erklären.

»Doris Böhme arbeitet bis siebzehn Uhr. Ich hatte mich vertan, Susanne. Können Sie mir noch mal verzeihen?«

5

An der Kreuzung Winterhuder Weg/Mundsburger Damm nahm Marie Maas per Funkgerät Kontakt mit dem Präsidium auf.

»Geben Sie mir bitte die Mordkommission. Ja, gern Herrn Scholz, wenn er da ist.« Sie wartete, trommelte mit zwei Fingern aufs Lenkrad und sah Susanne Bollmann aufmunternd von der Seite an. »Karsten, ja, ich bin es. Könntest du uns einen Gefallen tun? Eine kurze Meldung rausgeben über den Presseverteiler. Sie liegt schon vorformuliert auf meinem Schreibtisch. Hast du sie?« Die Ampel sprang auf Grün, und die Kommissarin bog sachte, mit einer Hand am Steuer, um die Ecke. Auf dem Mundsburger Damm herrschte viel Verkehr, der zur Alster hin immer dichter wurde. »Die Beschreibung der Leiche, ja. Eine Frau, etwa sechzig Jahre alt, heller Mantel. Nein, mehr wissen wir nicht. Durchgeben an alle Rundfunk- und Fernsehstationen als Vermisstenmeldung, Suchmeldung, ja? Mit der dringenden Bitte und so weiter. Und ... was? Was wollte er denn? Nur mal so ... So. Vielen Dank. Nö, ist schon in Ordnung. Ende.«

»Stimmt was nicht?« fragte Susanne besorgt.

»Nein, nein. Alles in Ordnung. Ich hatte nur einen privaten Anruf.«

»Von Tomkin?«

»Hätte mir gerade noch gefehlt.«

Susanne sah erstaunt drein.

»Was soll's. Haben Sie keinen Freund?«

»Nein. Ehrlich gesagt nicht.« Susanne schüttelte den

Kopf.

»Wie kommt's? Den Richtigen noch nicht gefunden?«

Susanne zuckte die Achseln.

»Lassen Sie sich bloß Zeit. Macht es Ihnen viel aus, ein paar Schritte zu laufen? Direkt am Museum kriegen wir bestimmt keinen Parkplatz.«

Die Dame am Empfang erwies sich als ausgesprochen hartleibig. Sie könne keine Ausnahmen machen, und wenn man hier Museumsbedienstete sprechen wolle, müsse man sich telefonisch bei ihnen anmelden. Schließlich wäre sie keine Portiersfrau, sondern säße hier, um Eintrittsgelder zu kassieren. Und so hätte sie wohl noch ein Weilchen weitergeredet, wenn Marie Maas nicht kurz entschlossen die acht Mark auf den Tisch gelegt hätte. Die andere Möglichkeit, die Frau mit der Polizeimarke aus dem Konzept zu bringen, wollte sie Doris Böhme zuliebe, der hellhörigen Mitbewohnerin in der Osterbekstraße, vermeiden.

Die beiden Beamtinnen schlenderten geradewegs die Treppen hoch, kaffeedurstig, aber beherrscht ließen sie das Museumscafé links liegen und zollten dem ägyptischen und japanischen Kunsthandwerk keinerlei Aufmerksamkeit. In der Sonderausstellung »Orientteppiche« fanden sie schließlich eine Aufsichtsperson, die ihnen weiterhelfen konnte.

»Frau Böhme? Die ist gerade hier durchgekommen. Gerade eben. Wenn Sie hier weitergehen, nicht links ab, sondern durch bis ans Ende, dann kommen Sie zu einer Tür, da können Sie nicht rein, aber da ist sie drin. Klopfen Sie ruhig.«

Nach einem ausgiebigen Dankeschön für diese kostbare Auskunft schlichen die beide Frauen weiter durch die stark abgedunkelten Räume, in denen von einem vorsichtigen, unschädlichen Licht beleuchtet die kostbaren Webteppiche an den Wänden schimmerten wie versteckte Schätze in einem unterirdischen Tunnel. Sie umrundeten Glasvitrinen, in denen goldene Messer, Säbel, Dolche und ihre ledernen, verzierten Behältnisse ausgestellt waren. Dazwischen Gefäße, dunkles Tongeschirr, das die Kommissarin mit ihrem frisch erwachten Sinn für Formen am liebsten befühlt hätte, um es ganz zu begreifen, oder abgezeichnet, wenn sie dafür auch nur die geringste Begabung gehabt hätte. Kein Mensch außer ihnen und der Dame vom Wachdienst war zu sehen. Früher Mittag war eine gute Zeit für das Museum für Kunst und Gewerbe. Das jedenfalls würde die Kommissarin sich merken im Hinblick auf ihren nächsten freien Tag.

Auf ihr leises Klopfen hin erschienen ein kurzgeschnittener dunkelblonder Pagenkopf und darunter ein rundes, rotbackiges Gesicht in der Tür.

»Frau Doris Böhme?«

Deren Gesichtsausdruck war zunächst erstaunt, dann abweisend, schließlich neugierig.

»Mein Name ist Marie Maas, Kriminalpolizei. Und dies ist meine Kollegin Susanne Bollmann. Entschuldigen Sie bitte, wenn wir Sie an Ihrem Arbeitsplatz aufsuchen, aber da wir Sie zu Hause nicht antrafen und hier im Büro auch niemand an den Apparat ging ...«

»Ja, wir hatten heute Morgen eine Besprechung. Kommen Sie.« Sie öffnete die Tür weit. Dahinter befand sich eine winzige Kammer, vollgestellt mit Holzleisten, Vitrinen, Reinigungsgeräten. Kein sehr heimeliger Ort und fast zu eng für die drei Frauen. »Wir könnten natürlich auch in mein Büro gehen. Es handelt sich doch wohl ...«

»Es handelt sich um Ihre Zeugenaussage Theresa Pop betreffend. Sie müssen sich da keine Gedanken machen. Vielleicht können wir uns ganz einfach ins Café setzen? Oder ist Ihnen das nicht erlaubt?«

»Aber ja, natürlich. Ich stempele einfach meine Mittagszeit ab.«

Doris Böhme entließ sie aus der Gerümpelkammer und ging vor ihnen her über den Flur zum Museumscafé. Sie trug Jeans und einen ausgebeulten Pullover, Wollstrümpfe und Turnschuhe. Nicht nur durch ihre Kleidung und ihre mollige Figur unterschied sie sich völlig von Theresa Pop, die wahrscheinlich auch in dieser Aufmachung noch einen gewissen Schick bewahrt hätte. Es lag etwas Gehetztes, Flackerndes in ihrem Blick. Ein ständiger Schrecken. Und dann wieder kluge, sachliche Ruhe.

»Ich bin achtundzwanzig, Kunsthistorikerin. Aber ich habe hier nur eine ABM-Stelle. Keine Ahnung, ob ich übernommen werde nach dem Jahr. Wohl eher nicht. Es gibt keine freien Planstellen. Da kann ich mich anstellen, wie ich will.«

Sie rührte in ihrem Cappuccino, bis der hellbraune Kakaofleck auf dem Milchschaum zu einer gleichmäßig cremefarbenen Fläche verteilt war. Mit gespreizten Fingern nahm sie einen kleinen Schluck. Sehr kleine Hände, spitz zulaufend, so wie sie die italienischen Renaissancemaler ihren Marienfiguren zugedacht hatten. »Und was wollen Sie von mir wissen? Ich habe doch am Dienstag schon einem Beamten alles zu Protokoll gegeben.«

»Ja, sehen Sie, und wir würden es jetzt gern noch einmal hören. Kennen Sie Theresa Pop?«

»Ja, natürlich kenne ich sie. Wir wohnen schließlich im selben Haus.«

»Ich meine: Kennen Sie sie näher? Oder nur als Nachbarin?«

»Nur als Nachbarin.«

Doris Böhme wurde mit jedem Wort mürrischer. Die Kommissarin massierte einen Augenblick lang ihre Lippen und sah kurz zu Susanne Bollmann. Die verstand und übernahm.

»Welche Schuhgröße haben Sie, Frau Böhme?«

»Wie bitte?« Der Schrecken sprang ihr wieder ins Gesicht. Susanne Bollmann, sechs Jahre jünger als die Zeugin und von erfrischender Naivität, grinste Doris Böhme arglos an.

»Ihre Schuhgröße wüssten wir gern.«

»Größe vierzig, warum?«

»Tragen Sie manchmal Birkenstock-Sandalen?«

Doris Böhme lief dunkelrot an bis unter den Haaransatz. Ihre Ohren, die durch die Kurzhaarfrisur vollständig bloßgelegt waren, glühten wie zwei Heizröhrchen.

»Nein«, sagte sie schroff, und ihre Stimme war eine Oktave abgesackt. »Nie.«

Marie Maas warf ihrer Mitarbeiterin einen kurzen, dankbaren Blick zu und ließ der Zeugin keine Zeit, sich wieder zu beruhigen.

»Sie haben ausgesagt, dass Sie in der Nacht von Montag auf Dienstag einen Mann im Treppenhaus schimpfen gehört hätten. Um wie viel Uhr war das?«

»Genau weiß ich es nicht. Aber es war noch dunkel. Vielleicht fünf oder halb sechs Uhr.«

»Und das war so laut, dass Sie davon aufgewacht sind?«

»Ja.«

»Was hat der Mann gerufen?«

»Dass er sie umbringen würde.«

»Hmhm. Schön. Oder besser: nicht schön.« Die Kommissarin nahm einen Schluck Cola, die sie sich statt Kaffee bestellt hatte. Es war so staubig und ein wenig stickig warm im Museum, zumal sie ihre Mäntel nicht abgegeben hatten. »Ihre Wohnung liegt zwei Etagen über der Wohnung von Frau Pop. Ich nehme an, sie ist genauso geschnitten?«

»Das nehme ich auch an. Aber ich war noch nie bei Frau Pop.«

»Ich aber.« Marie Maas suchte wieder mal ihren zerfledderten Block aus der Tasche und den auf Tauchstation gegangenen Bleistift, der immer neue Verstecke fand, wenn er gebraucht wurde. Mit stark gekräuselter Stirn begann sie, aus dem Gedächtnis so etwas wie einen Grundriss der Popschen Wohnung aufzuzeichnen. Es erinnerte verflixt an die ersten Zeichenversuche eines gerade schulreifen Kindes. Seltsam, irgendwie wollten die Wände nicht zueinanderfinden.

Doris Böhme schüttelte den Kopf.

»Tut mir leid. Darin kann ich wirklich nichts erkennen.«

Munter streckte die Kommissarin ihr den Bleistift

entgegen. »Bitte, machen Sie es besser. Sie können sicher gut zeichnen.«

Mit einem unverständlichen Brummen nahm Doris Böhme den Stift und zog den Block zu sich herum. Flink, sicher, mit kräftigen Strichen zeichnete sie den Grundriss ihrer Wohnung auf. Fenster, Türen, Küche und Bad, alles im Handumdrehen an der richtigen Stelle. Eine geübte Zeichnerin. Ihr Gesicht war ganz entspannt dabei.

»Sehen Sie«, sagte Marie Maas. »Das scheint mir wirklich genau die gleiche Wohnung zu sein. Nur, dass Sie Ihr Schlafzimmer nach vorne raus gelegt haben. Warum? Stört Sie der Straßenverkehr nicht?«

»Auf der Osterbekstraße ist ja kaum Verkehr. Nur ein paar Anwohner.«

»Toll, wie Sie zeichnen können. Haben Sie mal Zeichenunterricht bekommen?«

Sich sichtlich nicht wohl in ihrer Haut fühlend, rutschte Doris Böhme auf ihrem Stuhl hin und her und enthielt sich jeder Antwort. Stattdessen sah sie auf ihre Armbanduhr.

»Schon gut, wir lassen Sie gleich in Ruhe, Frau Böhme. Sehen Sie, da ist nur ein Punkt, den ich nicht verstehe. Da schreit ein Mann im Hausflur, der liegt hier.« Die Kommissarin wies auf den Rand des Stenoblocks. »Und Sie schlafen hier, also auf der entgegengesetzten Seite des Hauses. Wie konnten Sie das hören? Und ... Augenblick, bitte ... wenn Sie den Mann brüllen hörten und sogar jedes Wort verstehen konnten, warum haben dann die Mieter in der dazwischenliegenden Wohnung nichts gehört? Das verstehe ich einfach nicht.«

Doris Böhme trank den Rest Cappuccino aus ihrer Tasse und stand auf. Sie hatte sich jetzt wieder gefangen und damit auch abgeschottet gegen die beiden Polizistinnen.

»Weil die Santinis in Urlaub sind. Ganz einfach: Sie sind nicht da. Wenn Sie mich jetzt entschuldigen? Meine Mittagspause ist zu Ende.«

»Natürlich, Frau Böhme. Eine Frage vielleicht noch?« Die Kommissarin hob den Arm, am liebsten hätte sie die Frau noch einen Augenblick festgehalten. »Kennen Sie den Designer Roland Schapp?«

Diesmal schien Frau Böhmes Gesicht das andere Ende seiner Farbskala zu erreichen. Eine fahle Blässe, eine fast zerbrechliche Durchsichtigkeit, aus der heraus sie nur mit Mühe die Lippen aufbekam.

»Nein.«

»Das war jetzt glatt gelogen«, sagte Susanne Bollmann zufrieden, nachdem die junge Museumsangestellte wieder hinter ihren Orientteppichen verschwunden war.

6

Irgendetwas hatte die Kommissarin und ihre Mitarbeiterin davon abgehalten, im Museumscafé zu Mittag zu essen. Schade, es gab so gute Sachen. Stattdessen kehrten beide mit knurrenden Mägen ins Präsidium zurück.

»Ich habe mir eine ausgiebige Mittagspause bei ›Köbes‹ erlaubt, Gertigstraße«, tönte Yalcin und zeigte mit ausführlichen Handbewegungen an, dass er zufriedenstellend gesättigt war.

»Erbsenschaumsuppe, Filetspitzen in Rahmsauce, Brokkoli-Kartoffelgratin Fürst Igor, zum Nachtisch Sahnehäubchen im Schlafrock, das Ganze für achtunddreißig Mark siebzig, inklusive Getränk, stimmt's?« Susanne Bollmann grinste.

»Man merkt eben doch, dass unser Küken aus Barmbek kommt und sich auskennt. Es war übrigens kaum halb so teuer, dafür mindestens ebenso gut.«

»Erstens liegt die Gertigstraße nicht in Barmbek, sondern in Winterhude. Ein himmelweiter Unterschied. Zweitens wohne ich in Fuhlsbüttel, nicht in Barmbek. Ebenfalls ein himmelweiter Unterschied. Hast du vielleicht zum Ausgleich auch was gearbeitet?«

Yalcin wickelte einen Schokoriegel aus dem Papier und biss herzhaft davon ab. Sehr reichlich war das Essen wohl nicht gewesen.

»Ich habe ...«, begann er kauend, »ich habe einen ganz tollen Menschen kennengelernt.« Er kramte mit schokoladebraunen Fingern in seiner Aktenmappe und legte ein Stück Packpapier auf den Tisch zwischen sich und die beiden Kolleginnen.

Marie Maas näherte sich dem Papier und achtete darauf, es nicht zu berühren. Es musste einmal eine Obsttüte gewesen sein, die an ihrer Klebekante aufgerissen worden war. Ein schimmeliger Obstrest klebte noch an der Kante. Schlimmer aber war die dralle Zeichnung, die mit einem Kugelschreiber flüchtig hingeworfen war.

»Haben Sie das verbrochen?«

»Nein.« Yalcin kaute weiter.

»Ist das eine Kinderzeichnung?« fragte Susanne Bollmann.

»Susanne!« Yalcin verschluckte sich fast an seinem letzten Happen; vorsichtshalber hatte er darauf verzichtet, die Köstlichkeit auch nur anzubieten.

Marie Maas schnupperte mit gerümpfter Nase dem süßlichen Karamelgeruch nach. Filetspitzen mit Brokkoli hätten sie eher gereizt. »Sieh doch mal richtig hin.«

Susanne beugte sich neben der Kommissarin über das Papier.

»Ach so. Das ist ein Porno.«

»Pin-up, würde ich eher sagen. Gar nicht so schlecht gezeichnet«, brummte Marie Maas.

»Eben. Darum habe ich es auch nicht gleich erkannt«, sagte Susanne.

»Das hat Zardos für mich angefertigt«, sagte Yalcin.

»Wer?«

»Zardos von Kampnagel. Er ist Techniker im Schauspielhaus. Beide Theater, Kampnagelfabrik und Schauspielhaus, haben eine gemeinsame Werkstatt, und die liegt auf dem Kampnagelgelände und grenzt direkt an den Osterbekkanal. Außerdem wohnt Zardos dort in einem Wohnwagen auf dem Gelände. Direkt am Kanal. Zardos ist Klasse.«

»Wichtig für uns wäre eigentlich, zu wissen, ob er in der betreffenden Nacht, beziehungsweise am betreffenden Morgen etwas gesehen hat. Eine Leiche zum Beispiel? Oder sogar mehr ...« Marie Maas versuchte, die Zeit bis zu ihrem Mittagessen abzukürzen. Aber Yalcin ließ sich nicht beirren.

»Zardos ist Klasse«, wiederholte er. »Aber er hat natürlich nichts gesagt. Klar.«

»Er will uns auf die Folter spannen«, sagte Susanne, hob demonstrativ die Schulter in Richtung ihres Kollegen und trommelte mit den Fingern auf den Tisch.

»Hier.« Yalcin hob das Papier hoch. »Das ist alles, was ich habe.«

»Spricht der Zeuge kein Deutsch?« fragte Marie Maas. »Der Name klingt so ...«

»Er ist Pole, oder Lette, oder Tscheche, ja, eine Zeitlang hat er auch in Tschechien gelebt. Und in Griechenland. Ob er all diese Sprachen spricht, kann ich nicht sagen. Er versteht jedenfalls Deutsch. Aber er ist stumm.«

»Ach du Schreck.«

»Er spricht kein Wort?« fragte die Kommissarin.

»Kein Wort. Eine Art Gebärdensprache, aber die habe ich nicht verstanden. Darum hat er mir diese Zeichnung gemacht.«

»Und was soll das bedeuten? Eine nackte Frau mit riesigem Busen und flaschenförmigem Körper, das Gesicht kaum angedeutet und noch dazu durchgestrichen – ich weiß nicht, Yalcin, ich halte viel von guten Comics. Nur müssen sie auch einen Sinn machen.«

»Der Sinn ist, dass unser guter Zardos eine Frau vermisst.«

Die Kommissarin knurrte wütend.

»Viel mehr habe ich auch nicht verstanden, Chefin.« Yalcin zog das Packpapier wieder zu sich heran und betrachtete nachdenklich die Zeichnung. Diese Erkenntnis hatte ihn immerhin eine ganze Menge Kombinationsvermögen gekostet. Denn dieser Zardos war ein ziemlich gewitzter Bursche. »Neben seinem Wohnwagen befindet sich eine Hütte, eine Art Laube. Dort wohnt eine alte Säuferin. Und die ist seit ein paar Tagen verschwunden.«

»Seit wie vielen Tagen?«

»Das weiß ich nicht. Der Zeuge ...« Yalcin begann langsam zu verzweifeln. Verstanden seine Kolleginnen denn nicht, dass er gerade in einer ganz anderen Welt gewesen war? Jenseits von Logik und geordneten Fragen und Antworten? Hatte er das denn nicht hinreichend deutlich gemacht?

»War die Hütte abgeschlossen?«

»Kann man so sagen.«

»Haben Sie bei der Verwaltung nachgefragt?«

»Es war Mittagspause. Ich habe nur einen Hausmeister aufgetrieben.«

»Umso besser.«

»Er kannte die Frau. Von ihm stammt die Auskunft, sie sei Trinkerin.«

»Darum der flaschenförmige Körper«, sagte Susanne.

»Und hat der Hausmeister die Aussagen bestätigt, dass die Frau – wie heißt sie übrigens? –, dass sie verschwunden ist?«

Yalcin schüttelte den Kopf.

»Das war ihm nicht aufgefallen. Es achtet niemand auf sie. Man lässt sie dort leben, solange es gutgeht. Aber es ist natürlich illegal. Der Hausmeister meinte, er sähe möglichst nicht hin. ›Die Frau in der Laube‹, heißt sie einfach. Ihren richtigen Namen wusste er nicht.«

»So. Dann werden wir mal einen Hausdurchsuchungsbefehl beantragen –Yalcin, das machen Sie. Die Suchmeldung, die Karsten heute Mittag für uns rausgegeben hat, muss ergänzt werden – das machen Sie, Susanne.«

Marie Maas winkte ihren Kollegen zu und schnappte sich ihren Mantel. »Ich habe jetzt noch einen Exklusivtermin bei einer neuen Fachzeitschrift. Adios, ihr Lieben.«

»Vergessen Sie Ihr Mittagessen nicht«, rief Susanne ihr überflüssigerweise nach.

7

Die Kommissarin hatte ihre Handtasche auf die Knie gestellt, wie es die Frauen tun, die auf Bänken im Park sitzen, um ein paar erste oder letzte Sonnenstrahlen einzufangen oder die ersten Schneeglöckchen oder die letzten Herbstastern zu bewundern. Sie war auch in gleicher hilfloser Weise zu weit entfernt von ihrer Tasche, wenn sie sich entspannt zurücklehnen wollte; sie tat es trotzdem. Ein durchweichtes Fischbrötchen lag ihr im Magen, zu kalt und zu schnell gegessen. Sie roch selbst ihren unangenehmen Essigatem und beobachtete weiter, schräg von unten, das Treiben auf den Fluren der Redaktion. Flure, wie es sie zu jedem Büro gab, auch im Polizeipräsidium. Wobei die Flure im »Strohhaus« zu den unangenehmsten in der ganzen Hansestadt zählen mochten. Die Maler trugen dort alle zwei Jahre aufs Neue hässliche Grautöne an Wänden und Decken auf, die eine resorbierende Wirkung auf jeden Farbfleck hatten, der sich ihnen näherte. Zweifellos ein farbtechnisches Phänomen. Auf manchen Etagen war Grau mit Beige abgesetzt. Unten im Betrugsdezernat zum Beispiel. Jeder, egal, was er mit seinem Gewissen zu vereinbaren hatte, bekam erst einmal einen Schrecken, spürte ein unangenehmes Grauen, wenn sich die Fahrstuhltüren auf diesem Stockwerk öffneten. Noch niemals hatte jemand sich im »Strohhaus« wohl gefühlt. Aber das war ja vielleicht auch nicht nötig. Schließlich ist ein Polizeipräsidium kein Hotel. »Frau Maas?«

Marie Maas sprang auf. Das Hin- und Herlaufen der vorwiegend unter dreißigjährigen Männer und Frauen, die häufig kleine Mäppchen unter dem Arm trugen und mit hellem Kichern auf den Lippen aneinander vorbeischossen, ging weiter, als wäre nichts geschehen. Niemand hatte sich ihr genähert. Die einander gegenüberliegenden Türen standen fast alle offen, was das Hin- und Herströmen wesentlich erleichterte. Das Tickern eines Fernschreibers war zu hören. Mindestens drei Leute telefonierten gleichzeitig. Auch dieser Flur war in Grau gehalten, aber ein Stich Blau oder Grün oder die knallgelben Wandlampen, die wie Sonnenblumen vor einem Gewitterwolkenhimmel zwischen Preez und Plön leuchteten, machten den Unterschied aus – die Kommissarin würde das heute nicht mehr endgültig klären können. In jedem Fall wäre sie lieber hier sitzen geblieben, auf einem der drei runden Schalensitze aus weißem Kunstleder, hätte weiter über Farbmystik und Bürogestaltung nachgedacht und sich auf den abendlichen Besuch bei ihrer Freundin Josiane gefreut, statt mit der Chefin der *Design Review* über die Glaubwürdigkeit ihrer Mitarbeiterin Theresa Pop und die ungewöhnlichen PR-Methoden ihrer neuen Zeitschrift zu sprechen.

Jetzt öffnete sich auch die letzte hellgrau gestrichene Tür, die ihrem Sessel genau gegenüberlag, und die Lautsprecherdurchsage wurde von einer jungen Dame im Schlabberlook wiederholt.

»Frau Maas? Sind Sie noch da?«

»Nein, Josiane«, murmelte Marie Maas und stützte den Kopf in beide Hände. »Das wollten wir doch nicht mehr tun.«

Josiane schenkte den letzten Rest aus einer Sektflasche

in die Gläser der beiden Freundinnen. Eine Chipstüte und ein Säckchen Erdnüsse hatten sie schon leer gefuttert, genauso albern und wenig gesundheitsbewusst wie Josianes jugendliche Tochter und deren Freundinnen. Die könnte übrigens bald mal nach Hause kommen, es musste schon nach neun Uhr sein.

»Ich muss nach Hause, Josiane. Ich bin seit heute Morgen um sieben Uhr unterwegs. Und ich glaube immer mehr, der ganze Fall ist eine reine Farce. Aber jedes Mal, wenn ich ihn hinschmeißen will, taucht wieder ein Zipfelchen von Wahrscheinlichkeit auf, so als ob doch was dran wäre an der Aussage dieser Journalistin. Und das kann ich dann nicht auf sich beruhen lassen.«

»Ich habe noch eine Flasche Sekt da. Komm, erzähl einmal der Reihe nach. Das spart mir den Krimi heute Abend im Bett. Auch wenn wir das eigentlich nie tun wollten. Ich habe dir doch auch neulich von dieser Frau erzählt, die mit der Lieferwagenparanoia. Es hat mir geholfen, dir die ganze Geschichte einmal im Zusammenhang zu erzählen.«

Josiane nahm die neue Flasche aus dem Kühlschrank und ließ den Korken knallen. Sie musste schon aus einem besonders preisgünstigen Angebot stammen, denn Josiane war von Natur aus geizig und spendierte in der Regel nie zwei Flaschen an einem Abend. Dafür gab es eben heute Abend nichts Vernünftiges zu essen. Von einem bestimmten Alter an beginnt man, sich mit den Macken der Freundinnen abzufinden wie mit knarrenden Dielenbrettern eines sonst tadellosen Fußbodens. Vertraute Wegmarken auf einem dunklen und ungewissen Weg durch das Leben.

»Also gut.« Marie Maas fasste in knappen Worten die Ergebnisse der bisherigen Ermittlungen zusammen und schloss mit ihrem Besuch in der Redaktion der *Design Review.*

»Aber warum hat die Böhme heute Morgen nicht zugegeben, dass sie Roland Schapp kennt? Er hat in dem Museum ausgestellt, in dem Doris Böhme arbeitet. Es war absehbar, dass wir davon erfahren würden. Das ist doch absurd!«

»Vogel-Strauß-Taktik.«

»Du meinst, sie hat einfach gehofft, dass es gutgeht?«

»Doris Böhme ist in Panik.«

»Das stimmt. Aber warum?«

Josiane setzte ihre Hobby-Analytikerinnen-Miene auf und steckte sich eine Zigarette in die Zigarettenspitze. Sie war Sozialpädagogin mit etlichen Zusatzausbildungen für alle möglichen Seelentherapien und besonders darauf spezialisiert, ihrer nächsten Umgebung, ob erbeten oder nicht, bis auf den Boden ihrer schwarzen Seelen zu schauen. Manchmal fand Marie Maas das erheiternd, manchmal half es ihr weiter, oft ging es ihr auf die Nerven. Heute war es ihr einfach egal. Sie hatte nur den einen Wunsch: endlich die Leiche zu finden – wenn es sie gab.

»Ich gehe davon aus, dass Doris Böhme und Theresa Pop bestens miteinander bekannt sind«, sagte Josiane. »Sie wohnen im selben Haus, sie arbeiten in ähnlichen Berufen – Zeitung/Museum mit Schwerpunkt Kunst/Gestaltung, vielleicht haben sie sogar zusammen studiert. Das erfährt man doch voneinander, wenn man im selben Haus wohnt. Nun findest du auch noch heraus, dass die Pop einen Artikel geschrieben hat über einen Mann, der in dem Museum ausgestellt hat, in dem die Böhme arbeitet. Richtig?« »Richtig.« Marie Maas nickte. »Es war das Interview mit Schapp, von dem die Pop mir berichtet hat, und die Fotos, die sie mir gezeigt hat, stammen von einer Ausstellung im Museum für Kunst und Gewerbe. Frau Meier-Wirth von der *Design Review* hat mir das Manuskript gezeigt. Der Artikel wird in der nächsten Nummer erscheinen.«

»Vielleicht hat die Böhme gedacht, bis der Artikel erscheint, wird schon Gras über die Sache gewachsen sein.«

»Josiane, gibt es eine Leiche oder nicht?«

Marie Maas spürte mit einem mal ganz heftig die Wirkung des Alkohols. Rasch resümierte sie, was sie heute gegessen hatte. Ein trockenes Knäckebrot, weil sie noch immer nicht zum Einkaufen gekommen war. Das ekelhafte Fischbrötchen aus dem Fischladen am Mittelweg. Und eine halbe Tüte Chips sowie Erdnüsse aus Josianes reichhaltigem Angebot.

Josiane schüttelte den Kopf. Über ihr leuchtete wie ein Vollmond eine noch hässlichere Küchenlampe als die düstere Funzel in ihrer eigenen Küche, stellte Marie Maas mit Befriedigung fest. Sie war nicht der einzige Mensch ohne Geschmack auf der Welt.

»Es gibt eine Leiche, und es gibt sie nicht«, sagte Josiane. »Auf jeden Fall ist die Leiche nicht das Problem.«

»Für mich ist die Leiche das einzige Problem. Ich bin nämlich bei der Mordkommission, und ich muss spätestens bis morgen einen Bericht abliefern zum Stand unserer Ermittlungen und deren Erfolg. Und du wirst einsehen, dass wir schlecht einen Mörder finden können, wenn es nicht einmal die Spur einer Gewalttat gibt.«

»Die Sandale.«

»Ich wette meinen Fuß darauf, dass Doris Böhme ihre Hammerzehen darin verewigt hat.«

»Das wirst du doch wohl feststellen können.«

»Natürlich. Mit dem größten Vergnügen werde ich in ihrer Wohnung das Unterste zuoberst kehren, und dann werden wir schon wissen, wer Birkenstocksandalen trägt und wer nicht. Aber warum das Ganze, Josiane? Sag mir einen vernünftigen Grund!«

»Kennen dich die beiden Frauen vielleicht irgendwoher?« »Weißt du, dass ich das auch schon überlegt habe? Ich komme mir vor wie bei ›Versteckte Kamera‹. Als würde ich permanent beobachtet werden, als würde mir jemand auf Schritt und Tritt folgen und sich über mich lustig machen. Und trotzdem: Ich kann nicht einfach aufhören. Ich muss dahinterkommen.«

»Und was ist mit dieser Frau in der Laube?«

Marie Maas stöhnte.

»Zufall.«

»Gibt es nicht«, sagte Josiane mit Beton in der Stimme.

Auch der Pegel der zweiten Flasche sank rasch ab. Die Kommissarin suchte hinter einem Sektschleier krampfhaft nach der Rufnummer des Taxistandes.

»Weißt du, ich habe noch etwas mitgekriegt«, brummte sie dann, als Josiane vom Telefon zurückkam.

»Das Taxi ist in zehn Minuten da. Es regnet. Da dauert es immer etwas länger.«

»Mhm. Hör mal. Die *Design Review* hat eine ganze

Werbekampagne auf dieser Geschichte aufgebaut. Was hältst du davon?«

»Gut gemacht. Sie wären ja dumm, hätten sie die Gelegenheit ungenutzt verstreichen lassen. Journalistinnen leben gefährlich, das leuchtet doch jedem ein.«

Es klingelte, und Josiane, der der Sekt nichts anzuhaben schien, lief zur Tür.

Marie Maas starrte auf die roten und weißen Karos des Wachstuchs auf dem Küchentisch, die sich ihr auf eigentümliche Weise immer mehr zu nähern schienen. Josiane verhandelte auf dem Flur mit jeder Menge Leute. Schließlich trat Alfa, ihre fast erwachsene Tochter, in die Küche.

»Hallo, Marie. Wie geht's?«

»Oh, Tag, Alfa. Nett, dich zu sehen. Regnet es so sehr?«

Alfa schüttelte die Regentropfen aus den Haaren.

»Nicht so schlimm. Aber ich bin zu Fuß gekommen.«

»Hast du gar keine Angst, nachts allein durch Hamburg zu laufen?«

»Wovor denn? Und warum?«

Alfa sah die Kommissarin spöttisch an. Und diese wusste nicht genau, ob der Spott ihrem leicht benebelten Zustand beziehungsweise den beiden leeren Sektflaschen auf dem Tisch galt oder dieser mütterlichen Angst um das junge Mädchen angesichts der nächtlichen Gefahren auf den Straßen der Großstadt.

Marie Maas schalt sich plötzlich einen Trottel. Sie hatte am falschen Ende gespart. Wenn sie diesen verdammten Fall knacken wollte, dann musste sie mit diesem Schapp sprechen, sie musste wissen, was er für ein Mann war. Es sei denn, sie entschied sich wie ihre Kollegen dafür, die Sache nicht ernst zu nehmen. Nur könnte sie sich nie wieder im Spiegel ansehen, sollte einer der jungen Frauen etwas zustoßen. Nichts jedenfalls nahm sie mehr ernst als die Aggression eines abgewiesenen Mannes. Wenn du nicht willig bist, bringe ich dich um! Gewalt, wenn die Erziehung zur Fügsamkeit gescheitert ist. Wie oft hatten Frauen ihr gegenüber von solch einer Drohung berichtet. Drohungen der Ehemänner, Väter, Brüder, Onkel, Drohungen von Fremden. Der archetypische Schrei des Patriarchen, das Recht des Stärkeren einklagend. Ein Fluch. Stillhalten. Am besten, es gar nicht erst soweit kommen lassen. Sich verstecken vor dem Mann. Nicht locken. Aber womöglich erwischt er dich trotzdem, ein Wildfremder, einfach nur, weil du eine Frau bist. Und je mehr du dich wehrst, desto aggressiver wird er. Auch wenn es zu Anfang ein Spiel gewesen sein mag, je mehr du dich wehrst, desto sicherer weißt du, dass du nichts von ihm willst. Dass du nur noch willst, dass er verschwindet, dass er dich in Ruhe lässt. Und schließlich wirfst du ihn raus, mit der Kraft der Verzweiflung. Er geht, er ist schließlich ein zivilisierter Mensch, aber er schreit dir noch seine Drohung hinterher, seinen verletzten Stolz, und dann, draußen, sieht er diese andere Frau und geht ihr nach. Und lässt die Situation sich wiederholen. Vielleicht ist es eine alte, einsame Frau, betrunken, die sich nicht mehr auf den Beinen halten kann. Sie stürzt, sie ist tot, noch ehe er sie erwischt hat. Oder vielleicht ist es Doris Böhme, die er trifft, draußen auf dem Anleger. Sie läuft vor ihm davon, verliert ihren Schuh dabei. Sie rennt nach Hause.

Klingelt Sturm bei ihrer Freundin Theresa. Man sinnt gemeinsam auf Rache. Man hetzt dem Mann die Polizei auf den Hals. Man setzt alles auf eine Karte. Entweder sind sie ihn jetzt los, oder er gerät erst recht in Wut.

Marie Maas war sich ihres alkoholisierten Gehirns durchaus bewusst. Aber ebenso sicher wusste sie, dass sie dringend und so bald wie möglich mit Roland Schapp sprechen musste, um zu wissen, woran sie war.,

»Ich habe das Taxi wieder weggeschickt und dir ein Bett im Kinderzimmer gemacht«, sagte Josiane und kippte Maries Sektrest entschlossen in die Spüle.

Marie Maas grinste friedlich und fand ihre Freundin ausgesprochen großzügig.

»Bekomme ich denn morgen früh auch ein anständiges Frühstück ans Bett?«

8

Das werden wir natürlich beachten, Chef ... jawohl ... spätestens Montagmittag ... ach, das könnte ... ja sicher, eben ... Gleich nach Ihrer Sitzung ... eben. Okay, Chef, bis dann ... Ihnen auch, und ein schönes Wochenende!«

Marie Maas warf Karsten Scholz einen völlig entnervten Blick von Schreibtisch zu Schreibtisch zu. Dann drückte sie sich wieder das feuchte Taschentuch an die Stirn und griff noch einmal zum Telefonhörer.

»Maas hier, Kripo Hamburg. Können Sie mir bitte bis morgen früh noch ein Bahn-Ticket zuschicken, Hamburg – München – Hamburg, hin mit dem Nachtzug Samstagabend, zurück ICE Sonntagmittag ... Danke ... gleichfalls ... Wiederhören ... Wie bitte? Privat, ja. Nein, Dienstreise, aber das Ticket an die Privatadresse schicken, Roonstraße, haben Sie? Ja ... Danke gleichfalls.«

»Und, wirst du auch ein schönes Wochenende haben?« fragte Karsten und grinste ironisch in seine Schreibtischschublade hinein, auf der Suche nach einem Schreibutensil. Er fand Maries Privatleben wegen ihrer »Soldatenehe« sowieso unmöglich, Marie hingegen fand seine frühreife »Ehe-in-Dreizimmerwohnung«, perfekt etabliert, absolut langweilig. Was wusste Karsten schon vom sehnsüchtigen Warten auf das nächste Treffen mit Tomkin, was wusste er, wie schön die Vorfreude sein konnte und damit meist besser als das, was dann wirklich kam? Ob er schon jemals mit einem richtig sinnlichen Telefonat mit seiner Silke oder Sylvia rund zweitausend Kilometer Distanz überbrückt hatte? Ob er wusste, dass die reale Beschränkung einer Situation oft erst ihre Größe herausforderte? Oder, die simple Hausfrauenregel: dass weniger oft mehr ist?

Die Kommissarin wählte zum wiederholten Male die lange Münchner Nummer und nahm sich vor, diesmal wirklich eine Nachricht auf dem Anrufbeantworter zu hinterlassen. Die Stimme von Renée Schapp, der Frau des Chefdesigners, leierte wieder ihren kurzen Text herunter. Marie Maas legte trotzdem vorsorglich die Hand auf die Sprechmuschel. »Würdest du mir wohl am Montagmorgen den Rücken freihalten, wenn der Alte entgegen allen Vereinbarungen doch hier ist und den Bericht haben will?«

Karsten machte eine spöttisch abwägende Kopfbewegung, so als würde sie von ihm einen Soloauftritt im Hansatheater in feinster Transvestitenaufmachung erbitten.

»Und sag ihm um Himmels willen nichts von meiner Fahrt nach München. Ich habe keine Zeit, jetzt noch einen Reiseantrag zu stellen. Das schiebe ich hinterher nach. Ich bin nur zum Arzt, okay?«

»Auch noch lügen soll ich?«

»Nur einmal und auch nur eventuell. Maas, Kriminalpolizei Hamburg«, sprach sie mit Dienststimme in den Hörer. »Ich muss dringend mit Herrn Schapp sprechen und werde am Sonntagmorgen kurz in München sein. Bitte rufen Sie mich doch so bald wie möglich zurück unter Null Vier Null ...«

»Frau Maas!« tönte Susanne Bollmanns Stimme über den Flur.

Yalcins schwarzer Schopf tauchte im Türrahmen auf. In der Hand hielt er einen gelben Zettel, den

Hausdurchsuchungsbefehl für die Laube auf dem Kampnagelgelände.

»Haben Sie sich gestoßen?« fragte Susanne besorgt, während sie Maries leidgeprüfte Miene musterte.

»Nein. Wieso? Ach ja, doch.« Sie drückte das Taschentuch wieder fester gegen die Stirn und erinnerte sich daran, dass Susanne Bollmann für zu viel billigen Sekt überhaupt kein Verständnis hatte; sie trank grundsätzlich nie mehr als ein kleines Gläschen Moselwein bei großen Familienfeiern oder ein Alsterwasser beim Betriebsausflug. Wahrscheinlich war sie einfach noch zu jung für Exzesse.

Yalcin bog von der Barmbeker Straße in die Jarrestraße ein und kurvte über das Kampnagelgelände. Direkt am Ufer des Osterbekkanals brachte er den Wagen zwischen einem alten Bauwagen mit rauchendem Schornstein und einer kleinen Flachdachhütte, die von einem wackeligen Lattenzaun umgeben war, zum Stehen. Ein Wagen der Schutzpolizei von der Wache am Wiesendamm parkte etwas weiter oben. Die Beamten stiegen jetzt aus und stellten sich den Kollegen von der Kripo vor. Während sie sich nach einem Blick auf den Hausdurchsuchungsbefehl und heftigem Klopfen an Tür und Fenster der Hütte daranmachten, das Vorhängeschloss zu öffnen, ging die Kommissarin die wenigen Schritte hinunter zum Kanalufer. Ein schmaler Trampelpfad führte durch ein Wiesenstück voller Brennnesseln und Gestrüpp. Die Wolken rissen plötzlich auf, und die milde Oktobersonne glitzerte auf den schwarzen Kräuselwellen des Kanals. Marie Maas roch die Abwässer. Eine Mischung aus metallischem Staub, wie er beim Schleifen in geschlossenen Werkstätten entsteht, und Benzinabgasen stieg ihr in die Nase. Aber auch der Geruch von Oktoberlaub und feuchtem Humus wurde von der Sonne hervorgelockt. Sie musste an das Weinlaub denken, das sich jetzt rot und gelb färbte –natürlich nicht in Hamburg, nicht hier. Aber immerhin existierte es. Vielleicht würde sie am Sonntag vom Zug aus irgendwo in Franken einen Blick drauf werfen dürfen. Ein Blick allein genügte manchmal schon und half dann wieder durchhalten im Grau in Grau der Flure und Tunnel, durch die sie sich durchzuarbeiten hatte, lebenslänglich. Zwanghaft, wie Tomkin meinte.

»Du bist märchenfeindlich, du bist eine ›Entzauberin des Alltags‹«, hatte er ihr einmal vorgehalten. »Ich bringe mein Leben damit zu, Rätsel zu schaffen, die Wirklichkeit zu verschlüsseln und ein bisschen erträglicher zu machen; und du hast nichts anderes zu tun, als alle Rätsel in deiner zähen, klaren Art wieder aufzulösen.«

»Wahrscheinlich. Und was findest du dann bitte an mir?« hatte Marie Maas beleidigt wissen wollen.

»Wahrscheinlich genau das. Das suche ich und finde ich, und das liebe ich.«

Tomkin hatte eben manchmal eine gewisse Weisheit an sich. Spätestens heute Abend würde sie ihn anrufen. Das war dann der Höhepunkt des hundertmal am Freitag gewünschten »schönen Wochenendes«.

Ehe Marie Maas sich wieder umwandte, um sich die Laube der verschwundenen Unbekannten genauer anzusehen, warf sie noch einen Blick auf das gegenüberliegende Ufer. Der Anleger Bachstraße lag friedlich in der Sonne. Seine Holzplanken trockneten schnell und warfen sich hell und rissig auf. Im Park dahinter konnte man schon die Bänke erkennen, die Büsche hatten ihr Laub bereits verloren.

Die Kommissarin kniff die Augen ein wenig zusammen: Saß da jemand auf der Bank, mit dem Rücken zum Kanal? Als hätte sie ihren Blick gespürt, drehte die Gestalt sich um und spähte über das Wasser zu ihr herüber. Marie erkannte den hellen, gelichteten Haarkranz, den anthrazitgrauen Mantel, sie glaubte sogar, die fahle Gesichtshaut des alten Mannes deutlich zu sehen. Immer wenn sie hier war, sah sie ihn. Er musste nicht nur hier im Viertel wohnen, er musste auch unentwegt auf den Beinen sein. Vielleicht auch ein Obdachloser, wie die Frau in der Laube? Vielleicht kannten die beiden sich? Aber er sah nicht aus wie einer, der trinkt, er sah auch nicht aus wie einer, der keine Bleibe hat. Dafür war er wieder zu sauber angezogen, seine Sachen überhaupt nicht verknittert. Er sah eher aus wie einer, der nichts fortwirft, der alles ausbessert und aufträgt, weil er es ein Leben lang so gehalten hat. Sie hob ein wenig die Hand, vorsichtig, vage. Er reagierte nicht, aber er wandte sich auch nicht ab. Er sah einfach nur zu ihr hinüber, vielleicht auch an ihr vorbei. Wenn sie ihn das nächstemal traf, würde sie ihn ansprechen.

Die Beamten standen alle vor der geöffneten Tür der Laube und warteten darauf, dass die Kommissarin zurückkam. Ein Mann in dunkelblauem Arbeitsdress war dazugekommen und wurde ihr als Herr de Jong, der Hausmeister, vorgestellt.

»Es stimmt schon, was Zardos angegeben hat, die Alte

ist seit Tagen nicht mehr aufgetaucht. Fast wie früher.«

»Wie meinen Sie das?

»Wie früher, als sie noch getrunken hat. Da hat man sie auch nie gesehen. Hockte den ganzen Tag in ihrer Laube. Dann hat sie aufgehört zu trinken und lief auch manchmal hier herum.«

»Ach.«

»Ja. Sie lebte richtig auf. Warum, weiß kein Mensch. Ist ja eine Leistung, trocken zu werden, in dem Alter. Aber sie hatte es wohl geschafft. Na, und dann war sie wieder verschwunden. Ich dachte natürlich, die hängt wieder in ihrer Laube und säuft ...«

»Sie haben nie mit ihr gesprochen?«

»Den Teufel werde ich tun. Ich bin hier verantwortlich für das Gelände und die Gebäude. Ich darf das alles gar nicht dulden. Jetzt sieht man ja, was dabei rauskommt. Schöner Mist ist das, die Polizei im Haus ...«

»Herr ...«

»De Jong.«

Die Kommissarin wies auf ihre beiden Kollegen von der Polizeiwache am Wiesendamm.

»Wenn jemand sich für Ordnungswidrigkeiten interessieren sollte, so sind es diese Herren hier. Aber erst mal haben wir was anderes vor. Bitte schön.« Sie wies auf die offene Tür, aber die Herren ließen ihr den Vortritt.

Die Hütte war zur Überraschung der Beamten bis oben hin vollgestopft mit Kartons und Paketen voller Haushaltsartikel. Von einer alten Frau, tot oder lebendig, keine Spur. Nur Türme und Berge von Päckchen. Die beiden Beamten von der Schutzpolizei blieben wie angewachsen in der Tür stehen. Yalcin begann vorsichtig, sich durch das Warenlager zu kämpfen.

»Sieht sehr nach Beutezügen aus. Diebstahl.«

»Da kannst du Gift drauf nehmen«, erwiderte die Kommissarin und wunderte sich erst später, dass ihr das sofort klar war.

Auf einer Art Hochbett türmten sich Bettzeug, Decken und Kissen. Die Holzwände der Hütte waren mit Lumpen behängt, Mänteln, Säcken, Decken, alten Klamotten. Auf dem festgetretenen Lehmboden standen überall zwischen den Kartons leere Flaschen. Schnaps, Wein, Bier. Keine einzige volle war dabei. Susanne Bollmann schnüffelte an einem Glas, das auf dem Tisch vor einem winzigen, verhängten Fenster stand.

»In dem war mal Schnaps drin.«

Auch die Flasche daneben hatte kein Wasser enthalten.

»Sag' ich ja«, murmelte de Jong. »Sie hat wieder angefangen zu saufen.«

Trotz der vielen Haushaltsgeräte konnte man nicht sagen, dass die Hütte eine Küche hatte. Es gab einen Wasserhahn, mit einer blauen Plastikschüssel darunter, aber keinen Herd, keinen Kühlschrank, nicht mal einen Brotkasten. Die Frau musste ihr Leben auf dem Hochbett zugebracht haben – falls hier wirklich eine Frau gelebt haben sollte. Es war schlicht und einfach nicht vorstellbar.

Yalcin berührte vorsichtig mit den Fingerspitzen den eisernen Kanonenofen, der mitten im Raum, der Eingangstür gegenüber, stand. Ein rundes Ofenrohr lief quer durch das Zimmer und stieß in der Nähe des Wasserhahns durch die Wand ins Freie. Oben auf der Ofenplatte stand eine Plastiktüte.

»Was ist da drin?« fragte die Kommissarin.

Yalcin zog einen chromglänzenden, nagelneuen Wasserkessel mit schwarzem Griff hervor.

»Sieh mal einer an«, murmelte Marie Maas. Dann brachte sie ein bisschen Schwung in den Laden. »Listen Sie alles auf, was sich hier befindet. Die Haushaltswaren werden beschlagnahmt. Den Kessel hier nehme ich schon mal mit. Wir sehen uns im Präsidium.«

9

Es kam selten vor, dass Marie Maas Tomkin mit den Problemen ihres Berufs belästigte, und wenn, dann tat sie es ungern. Es hing immer eine Drohung dabei in der Luft: Das wirst du büßen müssen. So was in der Art. Dafür wird er sich rächen, oder neutral: es wird sich rächen. Vielleicht ein Relikt aus alten Zeiten, als sie nacheinander diverse Liebhaber einbüßte, weil sie die Karriereleiter bei der Kripo hochkletterte. Arglos hatte sie ihre jeweiligen Partner zu einer Flasche Champagner oder einem schönen Abendessen eingeladen, um mit ihnen die gute Neuigkeit zu feiern – und prompt hatten diese Abende mit Streit und Zank geendet. Gerrit, der kurz zuvor gerade eine Hochschulprofessur bekommen hatte und zu diesem Anlass siebzig – wirklich siebzig – Freunde und Verwandte bei sich versammelt hatte, um gebührend zu feiern, hatte ihre Beförderung zur Hauptkommissarin als Anlass genommen, sich von ihr zu trennen. Oder vielmehr sie dazu gebracht, sich von ihm zu trennen, denn er hatte gleich nach ihrer Ernennung klargestellt: Über Arbeit wird ab jetzt nicht mehr gesprochen. Er war nämlich Jurist und nun in so wichtiger Position, dass es für ihn einfach unpassend war, sich jeden elenden Handgriff einer Mordkommission beim Abendbrot anzuhören. Sie hingegen sollte bereits vor dem Frühstück seinem Lamento über die faule Studentenschaft beiwohnen. Na ja, die Angelegenheit war ziemlich schnell und schmerzfrei beigelegt worden. Sechs Monate später flatterte ihr eine Hochzeitsanzeige von Gerrit ins Haus. Marie Maas hatte nur auf das Alter der Angetrauten geachtet: dreiundzwanzig Jahre.

Aber Tomkin war anders. Er konnte damit umgehen, dass Marie Maas ihr eigenes Leben lebte, und dies so erfolgreich wie möglich. Er schmückte sich im Gegenteil gern mit ihren Lorbeeren und stellte sie mit großem Vergnügen seinen Londoner Bekannten als Hamburger Sherlock Holmes oder mit ähnlichen Scherzen vor. Und da sie ganz und gar nicht jeden Abend zusammen am selben Tisch saßen, hörte er sich ihre spärlichen, streng zensierten Berichte auch mit Neugier und echtem Interesse an. Und wenn er gar mitmischen durfte, war er Feuer und Flamme. Schließlich war ihm sowieso alles, was ihn vom Schreibtisch fernhielt, äußerst willkommen. Uneingestanden, versteht sich.

»Rumtreiber«, brummte die Kommissarin und legte den Hörer wieder auf. Es war schon nach Mitternacht, und von Tomkin unter den bekannten Telefonnummern keine Spur. Sie ging in die Küche, wo sie sich eine Flasche Wein und einen kleinen, runden französischen Ziegenkäse bereitgestellt hatte, und nippte abwechselnd an den beiden Köstlichkeiten. Ein bisschen verliebt – wenn das möglich war – hing ihr Blick an dem neuen Wasserkessel. Das heißt, er gehörte ihr natürlich nicht. Es war ein Asservat, nämlich der beschlagnahmte Kessel aus der Laube. Mit Begeisterung hatte sie im Präsidium festgestellt, dass er eine ganz phantastische Pfeife auf der Tülle sitzen hatte. Eine auf zwei verschiedene Töne gestimmte, kupferne Kesselpfeife, die ein hübsches, melodisches Signal von sich gab, wenn das Wasser kochte. Außerdem war er formvollendet aus blitzendem Edelstahl gearbeitet und gleichzeitig so solide und praktisch, dass sie ihn einfach mit nach Hause nehmen musste. Warum sollte das gute Stück das Wochenende über im Präsidium herumstehen?

Das Telefon schrillte viel zu laut, obwohl sie es leise gestellt hatte.

»Hast du angerufen? Ich kam gerade zur Tür herein, aber du hattest schon aufgelegt.«

»Guten Abend, mein Hellseher. Wie schön, dass ich dich endlich erwische.«

»Was Besonderes?« fragte Tomkin.

»Geht's dir gut?«

»Ich habe vielleicht einen Verlag gefunden!«

»Wofür?«

»Für meinen Roman natürlich! Da staunst du, was? Und du wirst nie erraten, welcher Verlag es ist!«

»Tomkin, du hast gerade erst zwei oder drei Kapitel deines ersten Romans fertig!«

»Na und? Es wird mich anspornen. Freust du dich gar nicht für mich?«

Marie Maas atmete tief durch und sagte sich vor, dass sie die Dinge mal wieder zu verbissen sah. Keinen Streit heute Abend.

Sollte er doch einen Roman verkaufen, den es noch gar nicht gab; wenn es ihm dann leichter fiel, ihn zu schreiben – bitte schön. Für ihr Naturell wäre das nichts. Vor ihrem inneren Auge entstand sofort eine Horrorvision von Abgabeterminen und Drohbriefen und einem verzweifelten Tomkin, der mit rotunterlaufenen Augen vor jungfräulich weißem Papier saß, abwechselnd mit Pfefferminztee und Gin Tonic aufgepäppelt werden musste und ihre wenige mütterliche Fürsorge, die für viele Jahre hätte reichen sollen, in wenigen Monaten auffraß. Kein Tomkin mehr, keine Marie mehr. Alles kaputt.

»Tomkin, ich habe eine ganz persönliche Frage. Ist das wohl möglich, heute Abend? Bist du dazu imstande?«

»Mir geht's phantastisch, Marie. Fang an.«

»Und du findest nicht, dass es schon zu spät ist ...«

»Für uns ist es nie zu spät.«

»Dann pass mal auf. Wie findest du eigentlich meine Wohnungseinrichtung?«

»Deine was?« krächzte Tomkin erstaunt.

»Ich glaube, ich möchte meine Wohnung etwas hübscher gestalten.«

»Bist du verrückt geworden?«

»Aber es soll nur etwas moderner hier werden, etwas formschöner. Ich habe zum Beispiel schon einen neuen Wasserkessel ... das heißt, ich werde mir demnächst genau so einen kaufen, er sieht aus wie von einem Designer ...«

»Schmeiß das Ding sofort raus! Sonst tue ich es, sobald ich wieder in Hamburg bin!«

»Aber du hast doch in der Werbung ...«

»Ich habe zehn Jahre Werbeagentur hinter mir, und Styling und Design sind mir die verhasstesten Begriffe, die in allen Sprachen Babylons existieren, verstehst du?«

»Aber mein alter Wasserkessel war scheußlich ...«

»Er ist phantastisch. Alles in deiner Wohnung ist phantastisch. Eben weil es so vollkommen ungestylt, so unmöglich normal und geschmacklos ist. Sie ist eine Augenweide, deine Wohnung. Sie hat mir sofort gefallen. Für immer. Verstehst du?«

»Nein. Überhaupt nicht.«

»Deine Wohnung ist ein Biotop. Verstehst du das? Im Vergleich zu einer französischen Gartenbauanlage.«

»Aha.«

»Was auch immer das für ein neuer Wasserkessel sein mag, schmeiß ihn weg.«

»Das kann ich nicht. Er gehört mir gar nicht.«

»Umso besser. Dann gib ihn zurück.«

»Das kann ich auch nicht.«

»Du wirst ihn doch wieder loswerden können!«

»Das will ich aber gar nicht, Tomkin. Außerdem habe ich noch eine andere Frage.«

»Was soll das bloß alles, Marie?«

»Erzähl mir bitte etwas über die Arbeit eines Designers.«

»Marie! Mit wem treibst du dich rum?«

»Bitte, Tomkin.«

»Ein Designer steht morgens auf und kokst sich den Kopf zu. Dann macht er einen kleinen Entwurf für einen Staubsaugerstecker oder einen Gießkannenhenkel oder die fünfundfünfzigste Kollektion einer Damenschneiderei, und dann kokst er sich wieder die Birne voll.«

»Und zwischendurch ...«

»Und zwischendurch putzt er sich die Nase.«

»Warum das denn?«

»Weil sie ihm läuft. Vom Koksen.«

»Wie bei einem Schnupfen?«

»Ja, genau. Die sind dauernd am Schniefen, vor allem, wenn
die Wirkung nachlässt.«

»Hast du das Zeug auch genommen?«

»Manchmal. Zeitweise. Bei Termindruck. Weißt du, du musst in diesen Jobs Ideen auf Befehl produzieren. Das ist vielleicht sehr schmeichelhaft, dass jemand dir so was zutraut, aber spätestens nach einem Jahr bist du fertig. Ausgepumpt. Mit Koks schaffst du es noch ein paar Jahre länger. Je nachdem, wie lange dein Körper mitmacht. Selbstausbeutung. Künstliche Spannung erzeugen. Ein ekelhaftes Gewerbe.«

»Du bist jetzt gerade wieder dabei, dir diesen Druck selbst aufzubauen.«

Tomkin schwieg.

»Oder wie war das mit deinem Verlag?«

»Mach dir darum keine Gedanken.«

»Okay, okay. Ich mache mir keine Gedanken. Nimmst du das Zeug noch manchmal?«

»Ist dir schon mal aufgefallen, dass meine Nase hängt?«

»Hängt?«

»Das sagt man so.«

»Nein. Aber ...«

»Nichts aber. Ich habe irgendwann beschlossen, aus diesem ganzen Scheiß auszusteigen. Kein Glanz und Glitter und Glamour mehr. Keine Werbung, kein Design, keinen Koks, keine falschen Wimpern, Haare und Gebisse. Sondern ...«

»... sondern eine brave deutsche Kommissarin mit einem altmodischen, unpraktischen Wasserkessel, einer altmodischen, langweiligen Lebensauffassung und ...«

»Quatsch. Hör auf, Marie. Vor allem habe ich keine Lust, dich an einen abgeschlafften Designer abzutreten. Wer ist der Kerl? Womöglich kenne ich ihn auch noch?«

Marie Maas setzte einen Augenblick ein Grinsen auf und hörte auf das Rauschen in der Leitung. Da sie so ein absolut reines Gewissen hatte, fand sie Tomkins Eifersucht richtig niedlich.

»Gute Nacht, mein Schatz«, flüsterte sie. »Ich werde dich auf dem Laufenden halten.«

Am nächsten Abend um die gleiche Zeit lag sie schlaflos in ihrer Koje ganz oben in einem Liegewagenabteil der Deutschen Bundesbahn mit sechs Betten und verfluchte sich selbst. Allein aus Gedankenlosigkeit hatte sie auf die erste Klasse verzichtet und konnte nun nicht einschlafen, weil sie Angst hatte, aus diesem schmalen Schubfach zu fallen, ihre Handtasche samt Portemonnaie und Ausweisen von der Ablage zu befördern, bestohlen zu werden oder von irgendwelchen zusteigenden Mitschläfern belästigt.

Draußen auf dem Gang schien eine kleine Feier stattzufinden. Man grölte und prahlte fröhlich und rauchte unzählige Zigaretten, deren Qualm sich auf direktem Weg in ihre schläfrigen Sinne schlich. Marie wälzte sich wie ein Aal in der Reuse und versuchte, nicht an den nächsten Morgen zu denken. Aber die Kette von Fragen in ihrem Kopf riss nicht ab. Eine Theorie zog die nächste aus ihrem Versteck. Kannte Roland Schapp Doris Böhme vom Museum für Kunst und Gewerbe? Was war zwischen ihnen vorgefallen? Wie gut kannte er Theresa Pop? Kannte er womöglich auch die Frau in der Laube? Was hatte dieser Mann an sich, dass er nach einer simplen, kleinen Ausstellung in Hamburg gleich das Leben von drei Frauen durcheinandergebracht hatte? Oder war das nur die Spitze des Eisbergs? Dabei war er noch verheiratet und hatte eine Frau mit einer jungen, sympathischen Telefonstimme – mehr konnte Marie Maas dazu bisher nicht sagen. Renée Schapp hatte am späten Freitagabend zurückgerufen, nachdem sie Maries Nachricht auf dem Anrufbeantworter gefunden hatte.

»Mein Mann empfängt am Wochenende eigentlich keine Besucher. Er war die ganze Woche unterwegs. Aber bei Ihnen ist das wohl etwas anderes.«

»Wir ermitteln in einem Tötungsdelikt. Ihr Mann wurde von einer Zeugin schwer belastet. Wenn es Ihnen lieber ist, können wir ihn auch unter der Woche vorladen, und er kann seine Aussagen in Gegenwart seines Rechtsanwaltes im Präsidium machen, Frau Schapp.«

»Sie glauben doch nicht etwa diese Zeitungsmeldungen? Da erlaubt sich garantiert jemand einen ganz üblen Scherz.« Schön wär's, wenn es so wäre. Die Kommissarin verabredete sich für zehn Uhr am Sonntagmorgen bei Familie Schapp und hoffte, die Zeit zwischen der Ankunft des Nachtzuges und ihrer Audienz bei Schapp in irgendeinem frühzeitig geöffneten Café zubringen zu können.

Missmutig schlenderte sie die Bayerstraße vom Münchner Hauptbahnhof in Richtung Stachus und versuchte, sich von den wenigen abgerissenen, übernächtigten Gestalten, die vor den grellen Schaufenstern der Bahnhofskneipen und Spielhallen herumlungerten, nicht deprimieren zu lassen. Hamburg, Frankfurt, Köln oder München, überall die gleiche rohe Kälte, die gleichen Ausdünstungen aus den offenen Türen, ja sogar die gleichen, rosafarben gezeichneten, nackten Frauenbilder, die in Überlebensgröße in den Schaufenstern prangten.

In düsterer Stimmung beendete sie ihren Morgenspaziergang vor der Treppe zur Fußgängerunterführung unter dem Stachus. Keine einzige Ampelanlage, kein Zebrastreifen erlaubte es den Fußgängern, den großen Verkehrsknotenpunkt vor dem Karlstor im hellen Tageslicht zu überqueren. Aber so deprimiert und zu dieser frühen Stunde mochte sie einfach nicht in die schmutzige Katakombe der Unterführung abtauchen. Sie wollte auch diese Bevormundung nicht hinnehmen und verwünschte den ganzen verdammten München-Abstecher, diesen Fall und ihren Beruf. Warum war sie nicht einfach in Hamburg geblieben? Warum hatte sie nicht ihre Kollegen von der Münchner Mordkommission um Amtshilfe gebeten? Die hätten Roland Schapp genau die gleichen Fragen stellen können wie sie selbst. Stattdessen konnte sie sich, eine knappe Woche nach ihrem Urlaub in Griechenland, schon wieder nicht bremsen und musste alles in eigener Regie erledigen, statt gewisse Aufgaben zu delegieren. Zum Beispiel so eine einfache Vernehmung am anderen Ende der Republik. Keine Chance für ein ruhiges Wochenende. Wie ein Krebsgeschwür würden ihre Fragen wuchern, bis sie die Ursache, den Kern der Ereignisse, gefunden und begriffen hatte.

Erschöpft lehnte sie sich an das kalte Geländer der Verkehrsabsperrung am Stachus und wartete ab, bis ein Taxi vorbeischlich.

»Bringen Sie mich irgendwohin, wo man Kaffee bekommt«, bat sie und drückte sich in die weichen Polster des Wagens.

10

Kommen Sie herein, Frau Maas! Sicher haben Sie noch keinen Kaffee getrunken. Zu dieser nachtschlafenden Zeit am Sonntagmorgen findet man in München eher ein kühles Weizenbier als eine Tasse Kaffee.«

Roland Schapp war fast so groß wie Karsten Scholz, also zwischen ein Meter fünfundachtzig und ein Meter neunzig. Da er jedoch um etliche Jahre älter war als der Kollege und von stattlicher Statur, wirkte er mächtiger, geradezu majestätisch, und die Kommissarin fühlte sich, so übernächtigt und ohne Frühstück, ganz unscheinbar werden neben ihm. Unter seiner hohen Stirn und Stirnglatze, die von einem eisgrauen, kurzgeschnittenen Haarkranz umsäumt war, zeigte er ein ernstes, waches Gesicht. Tiefliegende Augen musterten die Kommissarin sehr aufmerksam und blitzten, sobald sich ihre Blicke begegneten. Marie Maas vermutete, dass dieser Mann nicht zu den neugierigen Exemplaren gehörte. Eine Kategorie außerhalb von Gut und Böse, außerhalb von sympathisch oder unsympathisch. Nur eine Feststellung, die sie traf, um ihre Fragestrategie entsprechend auszuwählen. Neugierige Menschen kann man leichter verhören – sie sind zu neugierig, um eine Frage nicht zu beantworten – und damit das Frage-und-Antwort-Spiel so schnell wie möglich zu Ende bringen. Was nicht heißt, dass sie leichter die Wahrheit preisgeben! Im Gegenteil. Nur ist sie ihnen leichter zu entlocken. Roland Schapp hingegen sah aus wie jemand, dem Wahrheiten vollständig gleichgültig waren. Ihn interessierte nur das, was man anfassen konnte. Der Rest war reine Phantasie.

So jedenfalls würde Marie Maas ihren ersten Eindruck von dem Designer zusammenfassen.

Der Flur des Schappschen Hauses, besser das Stück Raum, das hinter der Eingangstür lag, ging nach einer deckenhoch geflochtenen Garderobenwand, an der jede Menge Haken und Bügel befestigt waren, über in einen Wohnraum, der auf der linken Seite mit einer Glasfront, auf der rechten Seite mit einer Küchenzeile abschloss. Die Decke verlor sich irgendwo fernab ihrer Mitte in einem hohen, holzverkleideten Giebel. Im hinteren Teil des Raumes war eine Zwischendecke eingezogen, zu der eine breite, bequeme Treppe mitten im Raum hinaufführte.

Marie Maas musste sich erst einmal orientieren, und Schapp ließ ihr Zeit, ehe er ihr seine Frau vorstellte.

»Unsere Tochter schläft noch, wundern Sie sich also nicht, wenn irgendwann ein kleines, verschlafenes Gespenst hier auftaucht«, sagte Renée Schapp und lächelte die Kommissarin so freundlich an, dass diese fast den Eindruck hatte, willkommen zu sein. Die Verspannungen nach der Nacht im Liegewagen fingen an, sich zu lösen, und sie verspürte plötzlich einen Bärenhunger. An Frühstück war jedoch nicht zu denken.

»Geht ihr ins Arbeitszimmer?« fragte Frau Schapp. Sie war etwa zwanzig Jahre jünger als ihr Mann und auf aparte Weise eine schöne Frau. Eine Persönlichkeit. Ganz der Typ einer Theresa Pop, dachte Marie Maas. Nur dass diese Frau sanfter war, nicht so aggressiv. Sie nahm sich zurück, als würde sie auf irgendetwas warten.

»Ist Ihre Frau berufstätig?« fragte die Kommissarin, als sie mit Schapp bei einer Tasse Kaffee auf einem ungemein bequemen Möbelstück, das sie zwischen Couch und Sessel einordnen würde, auf der Zwischenetage ganz hinten in einem geschützten Winkel saß. Das Arbeitszimmer war nicht vorzeigbar, hatte Schapp entschieden, und offenbar verfügte das Haus über ausreichend Ecken, um sich anderweitig zu verkriechen. Jedes Möbelstück, jeder Gegenstand, der ihr hier in die Augen fiel oder in die Hände geriet, wie jetzt dieser Kaffeebecher mit seiner merkwürdigen, halbmondförmigen Porzellanumkleidung, war ungewohnt in Form und Gestaltung. Hier schien nichts gedankenlos herumzustehen, angeschafft, lediglich weil es billig oder notwendig war. Alles war durchdacht, optimal, bewusst ausgewählt und forderte dazu auf, beachtet zu werden.

»Meine Frau hat Architektur studiert. Und dann kam ich, leider! Der Name Schapp war schon damals ein Beruf. Auch für meine Frau.«

»Sie arbeiten zusammen?«

»In gewisser Weise, ja. Ich entwerfe allein. Ich arbeite immer allein, wenn es um einen Entwurf geht. Danach arbeite ich natürlich mit anderen zusammen, mit Modellbauern und Technikern und so weiter, auch mit der Verwaltung der jeweiligen Unternehmen, die mich mit der Produktgestaltung beauftragen, dem Materialeinkauf, natürlich der Marketingabteilung und, und, und. Aber ich entwerfe allein. Meine Frau koordiniert das alles.«

Sein Gesichtsausdruck wurde etwas säuerlich. Marie Maas' Lächeln gefror ebenfalls. Das Übliche also. Das hätte sie nicht gedacht.

»Wenn Laurien groß ist, wird das alles anders. Sie ist

jetzt zehn, ein paar Jahre noch, dann kann meine Frau wieder richtig einsteigen, und ich muss mich dann eben selbst verwalten.« Er lachte unerwartet laut und wischte mit beiden Armen über den leeren Glastisch, wie um das Thema abzuschließen. »Hamburg«, sagte er und legte seine riesengroßen Hände ineinander. »Was ist da bloß los?«

»Am Dienstag, dem fünfundzwanzigsten September, morgens gegen acht Uhr hat die Ihnen bekannte Journalistin Theresa Pop in der Nähe ihrer Wohnung in der Osterbekstraße in Hamburg-Barmbek auf einem Bootsanleger eine tote Frau gesehen. Als sie die Polizei benachrichtigte und diese am Fundort eintraf, war die Leiche jedoch verschwunden. Bis heute ist sie nicht wieder aufgetaucht. Vermutet wird, dass es sich um eine ältere Frau handelt, und es ist möglich, dass sie in der näheren Umgebung der Osterbekstraße gewohnt hat.«

Marie Maas machte eine kurze Pause. Roland Schapp hatte aufgehört, seine Hände zu kneten, und hinter sich nach einem Stapel Papier gegriffen. Auch ein Drehbleistift hatte sich dort gefunden, mit dem er nun in sicheren, knappen Bewegungen über das Papier huschte.

»Ich höre zu«, sagte er streng.

»Sie kennen Theresa Pop?«

»Ja.«

»Seit wann?«

Schapp hielt einen Augenblick inne und sah konzentriert auf die dunkle Glasplatte vor sich, in der sich eine helle Holzlampe spiegelte.

»Zuerst haben wir uns bei einem Fototermin im Museum für Kunst und Gewerbe getroffen. Dabei vereinbarten wir das Interview. Und dann natürlich sahen wir uns bei dem Interview am vergangenen Montagabend.«

»Wo trafen Sie sich?«

»Ich wohnte wie üblich im ›Atlantik‹, dort gibt es Arbeitszimmer für solche Anlässe. Wir trafen uns an der Bar und gingen dann gemeinsam in solch ein Arbeitszimmer.«

»Anschließend ...«

»Anschließend hat sie mich zum Essen eingeladen in ein sehr hübsches italienisches Restaurant auf einem Schiff auf der Alster. Danach nahm ich ihren Vorschlag an, bei ihr zu Hause noch einen Kaffee zu trinken. Wir hatten uns gut unterhalten. Eine spannende Frau. Sehr lebendig.« Roland Schapp zeichnete weiter, während er sprach, und schien beides entspannt, aber konzentriert zu tun. Als er den Blick der Kommissarin spürte, erwiderte er ihn freundlich.

»Sie haben die Zeitungen gelesen in der letzten Woche?«

»Nein. Ich war in Mailand. Bis gestern. Aber ich habe davon gehört.«

»Und Ihre Frau?«

»Meine Frau hält nichts von Getratsche. Sie vertraut ihren eigenen fünf Sinnen, eine einfachere und billigere Methode. Außerdem kennt sie mich besser als irgendein Mensch auf der Welt.«

»Theresa Pop hat allseits bekanntgemacht, dass sie ein Verhältnis mit Ihnen hatte, das wohl zu keinem glücklichen Ende führte.«

Schapp zeichnete ruhig weiter.

»Sie hat ferner angegeben, dass es in der Nacht zu

Streit zwischen Ihnen kam.«

»Ich sagte ja: eine sehr unterhaltsame Frau. Sie sollte sich mehr auf ihre Arbeit konzentrieren, sie könnte Großartiges leisten.«

»Dass Sie ihr gedroht haben.«

Schapp schüttelte leicht den Kopf, als wäre er nur verwundert.

»Und sie bringt die Tote auf dem Bootsanleger mit Ihnen in Zusammenhang.«

Schapp sah auf.

»Sie halten mich für einen unkontrollierten Triebtäter?«

Marie Maas stand auf. Zum Glück war auf dieser Zwischenetage genug Platz, um ein bisschen herumzugehen.

»Sie sind viel auf Reisen, Herr Schapp. Sie sind viel allein in Hotelzimmern, in fremden Städten, nach anstrengenden Arbeitstagen, nach ermüdenden Verhandlungen mit Auftraggebern, Presseleuten, Technikern. Sie treffen auf eine junge, hübsche Frau, die Sie an Ihre eigene Frau erinnert. Die sich Ihnen widmet und Sie entspannt, ablenkt, Ihnen die Zeit vertreibt, bis Sie wieder hierherkönnen, in Ihr Heim. Sie essen zusammen, Sie trinken etwas, vielleicht etwas zu viel, zu schnell. Der Gang durch den Septemberabend macht Sie müde, ein bisschen sehnsüchtig, man lehnt sich ein wenig aneinander. In Theresas Wohnung möchten Sie vielleicht einfach nur bleiben, nicht wieder ins Taxi, nicht wieder durch die Nacht. Einfach nur dort sitzen bleiben bei einer netten Frau, in schöner Umgebung, bis zum Morgen – es ist gar nicht mehr lang. Aber sie will das nicht. Sie bittet Sie zu gehen. Ihren müden Körper noch einmal auf die Straße zu schieben. Sie versuchen vielleicht, sie ein bisschen in den Arm zu nehmen, sie freundlich zu überreden – Theresa wehrt sich dagegen. Vielleicht beschimpft sie Sie, schlägt um sich. Sie ist keine Frau, die man überredet, die ja meint, wenn sie nein sagt. Sie landen schließlich auf dem Flur, empört, auch verletzt, und rufen ihr noch etwas nach. Sie sind erbost, enttäuscht, wütend, Sie laufen auf die Straße.«

Marie Maas schwieg erschöpft. Die Geschichte hatte sie Kraft gekostet, und sie war trotzdem nicht besser als diese ganz miesen Geschichten, mit denen man ein Kind zum Einschlafen bewegen will und bei jedem Wort merkt, dass das Unternehmen ganz und gar hoffnungslos ist.

Schapp hatte aufgehört zu zeichnen und hörte der Kommissarin höflich zu. Dann schüttelte er kurz den Kopf und zeichnete weiter.

»Wann waren Sie wieder im Hotel?« fragte sie.

»Ich weiß es nicht. Ich bin zu Fuß gelaufen. Es war sehr weit. Es dämmerte schon.«

»Also etwa gegen sechs Uhr.«

»Kann sein.«

»Hat jemand Sie gesehen?«

»Der Nachtportier. Vielleicht auch nicht. Ich hatte meinen Zimmerschlüssel mitgenommen.«

»Wann sind Sie abgereist?«

»Zwei Stunden später ging mein Flug nach Mailand.«

»Sie sind hart im Nehmen.«

Schapp schwieg, und Marie Maas schien ebenfalls in ihrem Sitzmöbel erstarrt zu sein.

»Was ist mit Doris Böhme?«

Schapp schwieg weiter, aber es schien, als hätte die Atmosphäre eine leichte Änderung erfahren. Die Kommissarin sah nicht auf, sondern fixierte die Halbmonde ihrer Fingernägel.

»Sie kennen doch Frau Böhme?«

»Ich nehme an, ja.« Schapp stockte wieder. Er starrte einen Augenblick lang mit offenem Mund auf die leere Tischplatte. »Ja, sicher kenne ich Frau Böhme. Das ist doch die junge Frau aus dem Museum für Kunst und Gewerbe. Natürlich kenne ich sie. Architektin.«

»Kunsthistorikerin.«

»Nein, nein, Architektin. Ich habe ja …«

Er stand auf und stand plötzlich ratlos zwischen Tisch und Sesseln. Seine Zeichnung war auf den Boden gerutscht. Die Kommissarin erkannte, ohne genauer hinzusehen, in der Skizze die Wand der Kampnagelfabrik, den Kanal davor mit dem Bootsanleger; sogar die Wohnwagen auf dem Kampnagelgelände waren angedeutet. Entweder hatte Schapp ein fotografisches Gedächtnis, oder er hatte sich die Szenerie doch sehr genau eingeprägt. »Ah, kommen Sie, ich zeige Ihnen etwas.«

Schapp führte die Kommissarin die Treppe hinunter und geleitete sie durch einen Torbogen in einen Gang, der dicht mit Pflanzen bestückt war und, von einem Gewächshausdach geschützt, in einen anderen Teil des Hauses führte. Das also war das geheiligte Arbeitszimmer, beziehungsweise die Arbeitszimmer, denn es tat sich gleich eine ganze Zimmerflucht vor ihnen auf, und überall sah es nach ständigem Schaffensdrang aus. Papierberge, Computerbildschirme und Geräte türmten sich auf Tischen und auf dem Boden, dazwischen wie farbige Tupfer fertige und halbfertige Modellbauten und immer mal wieder eine ganz freie Arbeitsfläche, frisch aufgeräumt.

»Hier müssen sie sein«, brummte Schapp und durchwühlte einen großen Papierhaufen. »Sie hat sie mir doch gegeben.« Er zog ein paar große, mit Zeichnungen bedeckte Blätter hervor und legte sie wieder fort, immer mehr, immer wieder. »Entwürfe für eine ganz neue Museumsarchitektur. Die Frau ist eine Begabung. Wirklich. Ich werde es Roberto Zaretti zeigen, einem Kollegen in Mailand, der sich mit Architektur befasst. Diese Doris Böhme hat eine große Zukunft vor sich. Böhme, sagten Sie doch, heißt sie?«

Eine Begabung wie Ihre Frau, hätte Marie Maas am liebsten gesagt und biss sich gerade noch auf die Lippen. »Sie waren doch gerade in Mailand«, sagte sie stattdessen laut. »Vielleicht haben Sie sie dort vergessen.«

Schapp hielt einen Augenblick inne.

»Renée? Renée?«

Er ließ die Papiere fallen und ging zurück ins Wohnzimmer. »Renée, hast du meine Koffer schon ausgepackt? Waren da ein paar Zeichnungen dabei, die, die …«

Die Kommissarin beobachtete gespannt den Gesichtsausdruck der Ehefrau. Sie frühstückte gerade mit ihrer Tochter, die die Kommissarin mit offenem Mund anstarrte.

»Ja, Roland?«

»… die du noch nicht kanntest?«

»Was denn für Zeichnungen?«

»Ach nein.« Schapp drehte sich abrupt um und trat Marie Maas fast auf die Füße. »Nein, ich glaube, ich habe die Zeichnungen in Hamburg vergessen. Ich erinnere mich nicht, sie noch einmal gesehen zu haben. Ich werde das Mädchen anrufen, das ist wohl das Beste.«

Erst als die Tür hinter Marie Maas zugefallen war und sie auf den Bus wartete, fiel ihr Tomkins Beschreibung des Designeralltags wieder ein, und sie musste lächeln. Nein, Roland Schapp hatte ganz sicher kein Kokain nötig. Er sicherte sich seine Arbeitskraft auf einfachere und weniger kostspielige Art und Weise.

11

Den ganzen Montagmorgen über saß die Kommissarin zu Hause am Schreibtisch und arbeitete an ihrem Bericht. Sie hatte das Telefon abgestellt, sah nicht nach der Post, lauschte weder auf die Geräusche, die vom Treppenhaus hereindrangen, noch auf die leisen Takte des Morgenmagazins, die aus dem Küchenradio zu ihr herübertönten.

Ihr Schreibtisch war im Mittelzimmer aufgestellt, das eigentlich als Gästezimmer diente und zeitweilig völlig zur Rumpelkammer verkam. Die paar Stunden nach Feierabend und am Wochenende, die sie in ihrer Wohnung verbrachte, wollte sie nicht auch noch am Schreibtisch zubringen. Wozu auch? Wenn Tomkin einmal länger zu Besuch war, richtete er sich das Zimmer wohnlich her, und er war es auch, der den Schreibtisch so mit dem Gesicht zur Wand aufgestellt hatte. Damit er nur ja durch nichts abgelenkt werden konnte. Was musste die Schriftstellerei für ein quälender Job sein. Vom frühen Morgen bis in die Nacht hockte man allein da und brütete an sich selbst herum. Niemand sprach einen an, niemand kam hereingestürmt mit Neuigkeiten, Katastrophen, Unordnung – ein Schriftsteller hatte das Recht, aber auch die Qual, alles von sich fernzuhalten und nur seine innere, traumverlorene Stimme zum Sprechen zu bringen. Eine stille, stumme Beschäftigung mit dem, was ihn konstituiert: der Sprache. Darum vielleicht war Tomkin oft so unleidlich.

Marie Maas spuckte einen Bleistiftsplitter aufs Papier. Wie schnell man wohl vergaß, was es hieß, tagtäglich unter Menschen zu sein: ein Rädchen im Getriebe, das funktionieren musste im Tempo der anderen, im Tempo einer riesengroßen Maschine, Büro oder Behörde, funktionieren im Tempo der Ereignisse. Ohne Rücksicht auf das eigene Innenleben, ja oft genug diesem diametral entgegengesetzt.

»Warum hast du eigentlich angefangen mit dem Schreiben, wie bist du darauf gekommen – es muss doch eine Lust gewesen sein«, hatte Marie ihn einmal gefragt, ganz zu Anfang, als sie sich kennenlernten.

»Jemand hat zu mir gesagt: Schreib das auf. Du musst das alles aufschreiben«, hatte Tomkin geantwortet.

»Jemand?«

»Eine Tante oder Großtante. Ich war fast noch ein Kind. Es hat mich sehr beeindruckt. Es war wie ein Auftrag. Und ich war ein sehr braver Junge und habe mich prompt darangemacht und alles aufgeschrieben.«

»Alles??«

»Ja, das bedrückt mich so. Es wird immer mehr. Ich möchte alles festhalten, aber es geht immer langsamer, wird immer mühsamer. Ich schreibe ständig gegen diese Angst an ... etwas zu vergessen.«

»Vielleicht war meine Frage zu schwer ...«

»Deine Fragen sind meistens zu schwer. Niemand sonst würde wagen, solche Fragen zu stellen. Nur Polizisten tun so etwas.«

Marie Maas grinste auf die Blümchen, die sie an den Rand ihres Papiers gemalt hatte. Wenn Tomkin wüsste, wie viele Fragen sie sich im Laufe ihres Lebens schon verkniffen hatte. Und wie viele unbeantwortet blieben. Die meisten eigentlich. Kaum jemals bekam sie wirklich eine

Antwort auf die Fragen, die sie stellte. Meist wurden die Dinge verklärt. Ausweichmanöver, aus denen man die Version von Wahrheit herausdestillieren musste, auf die man sich mit allen Betroffenen einigen konnte. Wenn man geschickt darin war, zu kombinieren.

Die Frage nach Doris Böhme hatte Roland Schapp nicht beantwortet. Was war zwischen den beiden vorgefallen? Welche Rolle spielte die Frau in diesem Intrigenspiel? Denn mehr war es doch nicht. Benutzte sie Theresa Pop, oder benutzte Theresa Pop Doris Böhme? Was hatten die beiden Frauen sich da ausgedacht und warum? War ihre Aktion jetzt beendet, nachdem sie Schapp tatsächlich die Polizei ins Haus gehetzt hatten?

Marie Maas würde es nicht mehr erfahren. Der Fall war offenkundig kein Fall, ganz sicher kein Fall für sie, für die Mordkommission. Die Frau in der Laube würde als verschwunden gemeldet in die Kartei aufgenommen werden und sich irgendwann im Pik As oder in einem anderen Obdachlosenasyl wiederfinden, oder aber auf einer Revierwache, wo man sie zur Ausnüchterung eingesperrt hatte, oder schlimmstenfalls auf einer Krankenstation in einem Zustand, der keine Besserung mehr versprach. Theresa Pop würde bei der *Design Review* die Treppe rauffallen. Sie hatte nun einen Namen, den man sich für ein paar Wochen gemerkt hatte, und sie hatte sich auf eine Seite geschlagen im Dschungel der Designerschulen und -stilrichtungen. Die ganze große Welt der Klatsch- und Tratschzeitungen stand ihr offen. Und Doris Böhme hatte ihre Rache gehabt: Ein Mann, auf dessen leichthin versprochenen Protektionismus sie womöglich eine Zeitlang vergeblich gehofft hatte, hatte seine Lektion bekommen. Und sie, Marie Maas, war ordnungsgemäß und penibel einer Anzeige nachgegangen, bei der verschiedene Intuitionen und Alarmsignale sie kreuz und quer in die Irre geführt hatten. Auch das konnte vorkommen bei einer langen Laufbahn voller Fragen.

Der Blumenteppich auf ihrem Berichtspapier war beeindruckend angewachsen. Marie Maas beschloss, es dabei zu belassen. Vielleicht würde sie ihren Bericht unter etwas mehr Termindruck und weniger Ablenkung im Präsidium doch schneller zustande bringen.

»Ach, hat da wieder jemand seine Kippe nicht richtig ausgedrückt?«

Marie Maas erschrak bis ins Mark und ließ die Plastiktüte, die sie gerade sorgsam und leise in dem leeren Mülleimer auf ihrem Flur des Präsidiums versenken wollte, ruckartig los. Mit Geschepper fiel der verflixte alte Kessel auf den Boden.

»Was war das denn?«

»Ich weiß nicht«, stammelte die Kommissarin und errötete bis unter die Haarwurzeln.

»Ich habe den Eindruck, dass unsere Anti-Raucher-Kampagne überhaupt nichts nützt, solange es noch irgendeinen Fleck im ganzen Haus gibt, wo das Rauchen offiziell erlaubt ist. Die Raucher nutzen jede Gelegenheit schamlos aus. Gestern war hier der Flur in dichten Nebel gehüllt! Ja, Sie lachen, Kollegin, aber ich finde es nicht zum Lachen. Der Gestank kriecht doch unter den Türen durch in alle Dienstzimmer! Wenn ich am Abend nach Hause komme, stinke ich, als hätte ich selbst eine ganze Schachtel weggequalmt. Ich habe doch nicht aufgehört zu rauchen, um jetzt meine Lungen von anderen schädigen zu lassen. Mitrauchen ist gefährlicher, als selbst zu rauchen – habe ich gelesen. Was sagen Sie denn dazu? Sie haben doch auch aufgehört. Ist das nicht eine Schande?«

Marie Maas hatte beide Daumen unter den Gürtel ihres Mantels geschoben und bog sich innerlich vor Lachen, nachdem sie den ersten Schreck überwunden hatte. Der Kollege mit dem Raucherproblem – vor einem halben Jahr hatte sie ihn selbst noch heimlich paffend auf dem Flur überrascht – hatte sie doch gerade dabei erwischt, wie sie ihren alten, hässlichen Wasserkessel entsorgte. Auf dem ganzen Weg zum Präsidium war ihr kein einziger Papierkorb untergekommen, wo er hineingepasst hätte, und ihre Mülltonnen zu Hause waren bis zum Überquellen voll gewesen. Ehe Tomkin das nächstemal kam und das gute Stück womöglich aus irgendeiner Abstellecke wieder hervorzerrte, wollte sie es unbedingt verschwinden lassen. Heute Abend, zur Belohnung und zum Abschluss dieses Falles, würde sie sich in dem noblen Haushaltswarengeschäft an der Osterbekstraße einen neuen Kessel leisten. Silberglänzend, mit kupfernem Pfeifenaufsatz. Genau den gleichen wie den, den sie aus der Laube mitgenommen hatte und den sie dringend wieder in die Asservatensammlung einfügen musste, ehe es auffiel.

»Ja, Sie lachen ... haben Sie etwa wieder angefangen zu rauchen?«

Marie Maas schüttelte den Kopf und versuchte, wieder ein ernstes Gesicht zu machen.

»Ich will Ihnen mal was sagen.« Der Kollege trat ganz dicht an die Kommissarin heran, so dass sie deutlich seinen sauren Atem roch, unsicher, ob nicht der Gestank nach kaltem Rauch von früher ihr lieber gewesen war – wenn es denn überhaupt sein musste, dass der Kollege ihr so nahe kam. »Wenn man das Rauchen in allen, ich sage in *allen* öffentlichen Gebäuden verbieten würde, und dazu zähle ich auch alle Privatunternehmen, die Angestellte beschäftigen, alle Theater, Kinos, Kneipen und Restaurants, eben alles außer den privaten Wohnungen, auch die öffentlichen Parks und Plätze, denn – sind Sie schon einmal auf der Straße hinter jemandem hergegangen, haben hinter ihm hergehen müssen, der eine Zigarette raucht? Und Sie gezwungen hat, bei jedem Schritt an der frischen Luft seinen Qualm einzuatmen, an der Ampel neben ihm zu warten mit der brennenden Zigarette im Anschlag, so als wäre das sein gutes Recht? Haben wir denn kein gutes Recht mehr auf frische Luft?«

»Dann würde ich auswandern«, murmelte Marie Maas.

»Ich sage Ihnen was«, fuhr der Kollege fort und kam noch näher. Marie war versucht, ihm ein paar Schuppen vom Kragen zu pusten. »Meine Frau und ich haben einen riesigen Clinch auf dem Campingplatz wegen dieses Problems. Wenn jeder in seinem Wohnwagen raucht, in Ordnung, davon kann man ihn nicht abhalten, wer sich umbringen will, soll das tun. Aber schon aus dem Vorzelt dringt der Rauch rüber aufs andere Grundstück. Das sehe ich nicht ein! Und erst recht nicht bei schönem Wetter, da wird den ganzen Tag über draußen gesessen und geraucht, als hätte man überhaupt nichts anderes mehr zu tun! Stellen Sie sich das mal vor: Sie verlassen die Stadt, mieten sich einen Campingplatz an der frischen Luft, machen sich alles hübsch zurecht, und dann haben Sie so einen fanatischen Kettenraucher als Nachbarn, der Tag und Nacht vor sich hin dampft und den ganzen Platz einräuchert. Zu Hause ist es ein Nachbar, linke Seite, der raucht immer auf dem Balkon. Denn drinnen darf er's nicht. Die Balkontür muss ich also immer geschlossen halten. Hier im Büro sind es die Kollegen, die einen zudampfen, auf den Fluren, in der Kantine, in den Besprechungszimmern, rücksichtslos. Wenn ich mir einen Dienstwagen nehme, muss ich zwei Stunden warten, bis ein Nichtraucherwagen frei ist, und, was meinen Sie, jedes Mal finde ich Kippen im Aschenbecher, und das Lenkrad stinkt nach Nikotin. Und am Wochenende geht es weiter auf dem Campingplatz mit dem Kampf mit dem Nachbarn. Ich schaffe es bald nicht mehr.«

»Passen Sie bloß auf, dass Sie nicht selbst wieder anfangen zu rauchen vor lauter Ärger. Ich glaube ...«

»Wieder anfangen? Wo ich doch gerade meinen Körper umgestellt habe auf Vollwertkost? Zwei Tage nur Saft und Rohkost, morgens Kräutertee, Johanniskraut und Melisse und abends Hopfen-Pfefferminz, kein Fleisch, kein tierisches Eiweiß. Wir haben uns eine Getreidemühle für sechshundertdreißig Mark angeschafft – falls Sie mal eine brauchen, ich kriege Prozente bei der Firma ...«

»Verdammt, wir versuchen schon den ganzen Morgen, dich zu erreichen!«

Karsten Scholz kam über den Flur geweht. Er trug

seinen hellen Staubmantel offen und hielt mit beiden Händen den flatternden, karierten Herrenschal fest. Aus den Manteltaschen ragten ein paar geknickte Papiere.

»Im Alsterbecken Höhe Bellevue, am ›Langen Zug‹, ist eine Wasserleiche gefunden worden. Eine ältere Frau. Liegt schon ein paar Tage im Wasser.«

»Ich komme«, stammelte Marie und starrte auf die rosigen Wangen des frischgebackenen Nichtraucherkollegen. War das wirklich derselbe, der drei Jahre lang die ganze Abteilung mit seiner Zigarettenschnorrerei genervt hatte, weil er sich selbst keine mehr kaufen durfte? Wegen seiner Frau? Der dann in mühsamer Qual aufgehört hatte, Bonbons vertilgend, überall Gummibärchen und Lakritzkrümel verstreuend, an denen man mit den Aktendeckeln hängenblieb oder mit dem Schuhabsatz? Was wollte der eigentlich für ein Adonis werden zum Ausgleich für all diese Selbstkasteiung und Quälerei – oder wofür sonst wollte er Pluspunkte sammeln? Verdammt, es konnte ihr völlig egal sein. Marie hob kurz die Hand zum Abschied und stürzte in ihr Büro, wobei ihr klar wurde, dass sie einen ganzen Morgen nutzlos vertan hatte mitten in einem Mordfall.

»Ihre Tüte!« rief der Nichtraucherkollege ihr nach. »Hier, was ist das denn? Ein Wasserkessel?«

Marie Maas tat einfach, als hätte sie es nicht gehört.

12

Dieser Tag würde zu Ende gehen, ehe er richtig angefangen hatte. Das Licht schien durch eine graue Watteschicht von der Stadt ferngehalten zu werden. Nebel. Statt des ersten Oktobers hätte der Kalender einen frühen Novembertag schreiben können. Marie Maas teilte nicht Karstens Einschätzung, dass Nebel verantwortlich sei für seine oder irgendjemandes Depressionen; sie spürte nur eine gewisse Weichheit. Sich selbst und den Ereignissen gegenüber. Einen Puffer zwischen dem Gelärme der Großstadt und ihren letzten Endes wehrlosen Bewohnern. Der Nebel, eine Schutzhülle. Sie wollte ein andermal darüber nachdenken, bei besserer Gelegenheit als an diesem frühen Mittag, an dem sie neben Karsten Scholz im Wagen saß und über die Weichmannstraße brauste auf dem Weg zum Langen Zug, einem Ausläufer der Außenalster in Winterhude. »Weißt du, ob die Spurensicherung schon dort ist?« fragte die Kommissarin. »Wie wurde die Leiche gefunden?«

Karsten folgte sanft und ohne einen Fluch auf den Lippen einem schleichenden Mercedes, der von einer älteren Dame gesteuert wurde.

»Sie hatte sich in diesen Absperrungen verfangen, die die Uferböschung schützen. Spielende Kinder haben sie entdeckt. Der Notruf kam aus der Bellevuestraße, von einer Haushälterin.«

Marie Maas sah die großen, weißen Villen auftauchen, die die Alster an dieser Stelle säumen. Die Privatgrundstücke grenzen jedoch nicht ans Wasser, sondern die Bellevuestraße und ein schmaler Grünstreifen gewähren auch der Öffentlichkeit Gelegenheit für den Blick auf das Panorama rund um den Binnensee, das jetzt im Nebel verschwunden war. Selbst wenn die Kommissarin ihre Gehälter der letzten zwanzig Jahre auf einen Haufen packen würde, könnte sie sich wahrscheinlich nicht einmal das Fundament einer dieser Villen leisten. Abgesehen davon fühlte sie sich ganz wohl in ihrer Wohnung in der Roonstraße, und ein gelegentlicher Blick von der Bellevuestraße aus oder von einem anderen reizvollen Punkt rund um die Alster genügte ihr vollkommen. Schlafen tat sie sowieso in Zimmern, die nach hinten raus gingen und deren Fenster möglichst überhaupt keinen Blick freigaben auf irgendetwas anderes als eine nahe Hauswand oder einen dichtbelaubten Baum. Alles andere machte sie nervös. Und bei der Arbeit brauchte sie auch keinen Ausblick ins Grüne. Das nährte nur Sehnsüchte, die doch nicht zu erfüllen waren. Blieb also der gelegentliche Gang ans Fenster, den sie häufiger am Tag absolvierte. Sonst war sie genügsam, was ihre Ansprüche auf Abwechslung von der inneren Gedankenwelt betraf. Ob es die Dächer und Türme der Hansestadt waren, wie sie sich vor ihrem Bürofenster im »Strohhaus« ausbreiteten, oder ob sie zu Hause auf die wenig belebte Roonstraße blickte und sich damit beschäftigte zuzusehen, wie ein Nachbarskind sich abquälte, um sein Dreirad über den zu hohen Bordstein und durch die Schluchten der parkenden Autos zu bugsieren – alles war willkommen, alles war spannend, wenn sie am Fenster stand. Und hätte sie diesen täglichen Blick aus einer weißen Villa auf die weite Außenalster, diesen unbezahlbaren Ausblick – er könnte sie auf Dauer auch nicht besser unterhalten.

Kurz nach zwölf war es, als Karsten endlich den Wagen mit ein paar sparsamen Manövern in eine Parklücke schob. Er ging dicht hinter Marie her in einer Art väterlicher Präsenz. Sie mussten den nassen Grünstreifen überqueren, um zum Alsterbecken zu gelangen. Hinter der massiven Steinbrücke, über die sie eben gefahren waren, verengte der Kanal sich zum schmaleren Verlauf des Osterbekkanals, weiter fort bis zur Osterbek, einem der Quellflüsse der Binnenalster.

Dicht über dem Wasser zog der Nebel wie Rauchfahnen hin und her. Marie Maas vergrub ihre Fäuste tief in den Manteltaschen, schnupperte den Geruch von Erde und öliger Feuchtigkeit und sah dann die weichen Konturen einer Menschenansammlung in dunkler, amtlicher Kleidung am Ufer aus den Nebelfahnen auftauchen. Weiden und Gebüsch waren auf Schwanenhalslänge über dem Wasser abgefressen. Dieses schwappte tiefschwarz, mit kleinen, grauen Wellenkämmen bewehrt, an die Böschung. Mit einem Fuß noch im Wasser, einem Fuß ohne Schuh, lag dort wie ein Haufen nasser Stoff die Leiche.

Ehe die Kommissarin näher herantreten konnte, warf sie noch einen Blick in die gedämpfte städtische Gartenbaulandschaft hinter sich; und dabei entdeckte sie ihn. Sie erkannte ihn an den fallenden Schultern und an der Art, wie er die Unterarme in die Manteltaschen streckte. An der Art, wie sein weißer Haarkranz sich unter der Schiffermütze hervorkrauste. Zu lang und ein bisschen schmuddelig. Und wie er den Kopf zwischen die Schultern gezogen hatte. Sie konnte sein Gesicht nicht erkennen, dazu war er noch zu weit weg. Aber sie wusste ganz genau, dass er der alte Mann war vom Haushaltswarengeschäft in der Osterbekstraße und vom Bootsanleger Bachstraße. Sie wusste, dass seine Augen wieder rotgerändert waren und die schlaffe Haut seiner Wangen stoppelig. Und dass sein Mantelkragen so abgeschabt war, dass er an den Spitzen ausfranste. Nur die Schuhe würden wieder blank sein, obwohl er sie offensichtlich nicht schonte.

Sie wollte direkt auf ihn zugehen. Aber jemand zog und schob sie, und dann sah sie eine ganze Reihe Mikrofone auf sich gerichtet. Wer um Himmels willen hatte der Presse Bescheid gegeben? Zu spät. Wie eine Horde Elefanten hatten die Journalisten schon das Gras rund um die Fundstelle der Leiche plattgetreten. Blitzlichter flammten, und auf die Kommissarin hagelten Fragen ein, die sie noch lange nicht beantworten konnte.

»Ist die Leiche identisch mit der Toten, die die Journalistin Theresa Pop am Dienstag vergangener Woche auf dem Bootsanleger Bachstraße gefunden hat?«

»Warum wurde die Leiche erst jetzt gefunden? Es gab doch einen Tauchereinsatz?«

»Wie ist die Frau zu Tode gekommen? Ist sie wirklich ertrunken? Oder war sie bereits tot, als sie ins Wasser kam?«

»Steht dieser Mord im Zusammenhang mit den anderen beiden Gewaltverbrechen gegen Frauen, die immer noch nicht aufgeklärt wurden? Was werden Sie jetzt unternehmen, um die Öffentlichkeit zu schützen?«

»Ist die Frau vergewaltigt worden?«

»Was ist mit dem Mann, den Theresa Pop verdächtigte?«

»Ist es richtig, dass der .Designer Roland Schapp in den Fall verwickelt ist?«

»Werden Sie jemanden verhaften?«

»Wann?«

Wie üblich würde Marie Maas den Pressesprecher der Polizei über alles unterrichten. So wie sie es immer tat, wenn sie für einen Mordfall zuständig war. Diese Information hätten ihre lieben Kollegen den Journalisten auch allein geben können. Jetzt war ihr der Alte wieder durch die Lappen gegangen. Als sie sich endlich freigekämpft hatte, war er spurlos verschwunden. Ärgerlich suchte sie das Gebüsch in der Umgebung mit den Augen ab. Der Mann war wie vom Erdboden verschluckt. Sie musste schon all ihren Verstand zusammennehmen, um immer noch überzeugt davon zu sein, dass sie ihn hier überhaupt gesehen hatte.

Nicht nur Täter, auch Polizisten kehren stets an den Ort ihrer Verbrechen zurück, dachte Marie Maas, als sie durch die Gertigstraße eilte. Vorbei am Bistro »Köbes«, ohne einen Blick auf die Speisekarte zu werfen, die auf einer Tafel direkt auf dem Bürgersteig prangte. Wasserleichen sind immer ein schlimmer Anblick, aber diese hatte sie besonders überwältigt. Essen war so ziemlich das letzte, wonach ihr jetzt der Sinn stand. Sie wich zwei Kinderwagen aus und überquerte kurz entschlossen die schmale, wegen der vielen Einzelhandelsgeschäfte sehr belebte Straße, als eine Gruppe Schulkinder vor ihr hertrödelte. Sie hätte jetzt gern freie Bahn gehabt, wäre am Ufer des Kanals entlanggelaufen, nur in Gesellschaft von Schwänen und Krähen und höchstens mal einem stummen Ruderer außer Rufweite. Sie musste den Weg nachzeichnen, den die Leiche in den vergangenen Tagen hinter sich gebracht hatte. Einen knappen Kilometer Wasserweg. Dabei wurde sie die Vorstellung nicht los, wie der leblose, kalte Körper unter Wasser an der Uferböschung entlang trieb, sich in den Wurzeln der Schlingpflanzen verhedderte, an Steine und hölzerne Streben von Bootsanlegern stieß, immer weitergetrieben von der leichten Strömung der Osterbek auf die Alster zu, die dann in die Elbe mündete und diese ins Meer, keine hundert Kilometer stromaufwärts. Statt auf den Bordstein und die Hindernisse der Gertigstraße zu achten, ließ Marie Maas diesen Seeweg unter und über Wasser vor sich ablaufen. Eine ganz schöne Aufgabe für eine Leiche. Und ein Risiko für ihren Mörder. Wo mochte man sie ins Wasser geworfen haben? Denn diese Frau war nicht ertrunken.

»So viel steht schon mal fest«, hatte Dr. Salz, der Polizeiarzt, nach erstem Augenschein gesagt. »Näheres in meinem Bericht.«

»Ganz sicher, Doktor?«

»Ganz sicher.«

Sie hatte es vermutet. Und sie konnte sich auch vorstellen, dass die Leiche womöglich hier, gegenüber der Einmündung der Gertigstraße in die Barmbeker, hier am Bootsanleger Bachstraße, ins Wasser geworfen worden war. Sie war sich fast sicher, dass es sich bei der toten Frau um die »Frau in der Laube« handelte, und brauchte nicht erst darauf zu warten, bis Yalcin mit den Polaroids des toten, verquollenen Gesichts Zeugen auf dem Kampnagelgelände aufgetrieben hatte. Oder bis die amtliche Bestätigung da war. Alles notwendige Schritte, alles eingeleitet. Aber die Kommissarin musste die Ergebnisse nicht abwarten, sondern konnte endlich wieder ihrer Nase vertrauen. Und die verlangte als erstes, den Tatort zu finden.

Die beiden Wohnstraßen, die am Kanal entlangführten, reichten mit den Grundstücken bis an den Kanal. Die Häuserfronten schlossen teilweise direkt mit den Kaimauern ab. Nur von einigen für Fremde schwer zugänglichen Hintergärten aus war der Kanal erreichbar. Und von den Brücken aus. Vom Langen Zug, der Fundstelle der Leiche, bis zum Bootsanleger Bachstraße gab es keinen anderen öffentlichen Zugang zum Wasser. Kannte jemand der Anwohner hier die Frau in der Laube? Kaum vorstellbar. Feinste Hamburger Wohngegend. Man sollte meinen, es gäbe viele Möglichkeiten, tot oder lebendig ins Wasser geworfen zu werden. Aber gerade auf dem Stück Kanal zwischen Bootsanleger Bachstraße und Langem Zug gab es so gut wie keine.

Zu erklären wäre, warum die Leiche, beziehungsweise ihr Mörder, auf dem Anleger Zwischenstation gemacht hatte. Und dann war da der Chefdesigner Roland Schapp. Welchen Weg mochte er genommen haben, um ins Hotel Atlantik zurückzukehren? War er an der Alster entlanggelaufen? Schöne Aussicht, Schwanenwik, vorbei an den Segelclubs und Bootsverleihen? Und wer oder was war ihm unterwegs begegnet? War er in aller Ruhe und die frische Luft genießend durch die schon kühle Septembernacht spaziert, in dem Wissen, ein paar Stunden später den Flieger nach Mailand erwischen zu müssen? Oder war er wutentbrannt durch die fremden nächtlichen Straßen gelaufen auf der Suche nach einem Ventil, nach einer Möglichkeit der Genugtuung? Aber wird man deswegen zum Mörder? Das war doch absurd.

Polizisten kehren stets an den Ort ihrer Verbrechen zurück. Bei Jacques Lacan hatte sich diese unerhörte Behauptung ganz vernünftig angehört. Der französische Psychoanalytiker und Philosoph war zeitweise Tomkins Lieblingslektüre, bis er, wie der Genuss zu vieler Pralinen, ihn irgendwann völlig aus dem Schreibkonzept brachte. Den Satz vorwärts und rückwärts zitierend, lehnte Marie Maas sich über das Geländer des Bootsanlegers Bachstraße und betrachtete die blinden, teilweise zerbrochenen Fensterfronten der Kampnagelhalle ihr genau gegenüber. Es wäre ja auch möglich, dass die Frau in der Laube, beziehungsweise ihre Leiche, hier ins Wasser gelangt war und Theresa Pop trotzdem gelogen hatte.

»Ich erwarte Ihren Bericht seit jetzt exakt drei Stunden, Frau Maas.«

Kriminalrat Johnson war geladen. Die Kommissarin brauchte sich gar nicht erst umzudrehen. Sie wusste auch so, dass seine Stirnglatze glänzte wie frisch gebohnert und seine Pupillen spitz und stechend wie zwei schwarze Wacholderbeeren aus dem wässrigen Himmelblau seiner Iris hervortraten.

»Sie haben ja sicher gehört, dass sich heute Morgen …«

»Ich habe gehört«, fiel Johnson ihr ins Wort und betonte das *habe,* als wäre in diesem Fall das Hilfsverb entscheidender als das Verb, dem es ja nur helfen sollte, die richtige Zeitform auszudrücken.

»Sie haben gehört«, wiederholte Marie Maas ein bisschen albern.

»Und ich habe auch bereits Schritte eingeleitet, um den Fall voranzubringen. Auch ohne Ihren Bericht abzuwarten.«

»Schritte?«

»Wir haben einen Haftbefehl beantragt. Ich rechne jeden Augenblick auf Nachricht vom Staatsanwalt.«

»Einen Haftbefehl?«

»Und ich habe mit München telefoniert und mit den Kollegen dort das Vorgehen abgesprochen. Vielleicht können wir diesen Schapp schon heute Abend hier vernehmen. Spätestens morgen früh. Wenn nötig, wird er eben per Hubschrauber befördert.«

»Das ist doch nicht Ihr Ernst.«

»Liebe Frau Maas, seit einer Woche geistert eine tote Frau durch die Presse. Wir haben in Bergedorf und Wilhelmsburg seit über fünf Monaten, seit Ostern, zwei ungeklärte Frauenmorde. Und wir haben eine nervöse Öffentlichkeit, die keinerlei Interesse hat am Schutz irgendwelcher höherer Gesellschaftskreise.«

Jetzt machte Johnson sich lächerlich. Sie war nun wirklich die letzte, der er diese Art Nachhilfeunterricht verpassen musste. Im Gegenteil. Aber er nutzte die Gelegenheit, sich einmal volksnah zeigen zu können, und rückte damit in den Augen der Kommissarin noch ein paar Meter weiter ans rechte Spektrum der Republik.

»Schapp ist nicht der Täter«, sagte die Kommissarin und spürte voller Ärger, wie ihre Stimme ihr entglitt. Sie begann irgendwie schrill zu werden. Sie räusperte sich und hielt einen Augenblick die Luft an.

»Da wissen Sie mehr als wir.«

Wie dumm von ihr, die Reise nach München inoffiziell gemacht zu haben! Das hatte sie nun davon.

»Der Mann wird von einer glaubwürdigen Zeugin belastet. Er hat kein Alibi für die Tatzeit.«

»Ohne Laborbericht können wir über die Tatzeit nur Vermutungen anstellen. Außerdem hat Roland Schapp kein Motiv. Außer, dass er ein Mann ist und zwischen Männern und Frauen in unserer Gesellschaft ein Gewaltverhältnis herrscht. Ebenso gut könnten Sie der Täter sein, Herr Kriminalrat.«

Das war zu viel. Johnsons Miene klappte zusammen wie ein Zylinderhut. Vier dicke Querfalten teilten Stirn, Nase, Lippen und Kinn voneinander ab. Die Glatze schimmerte matt darüber.

»Ich erwarte umgehend Ihren Bericht, Frau Maas«, knirschte er. Dann rutschten die Falten plötzlich wieder auseinander. Die Kommissarin spürte, wie die Luft im Zimmer wieder zu atmen war. Johnson hatte Dampf abgelassen und klargestellt, wer hier der Chef und wer die Untergebene war. Und zu Untergebenen ist man nachsichtig, schließlich sind sie von einem abhängig. »Streng, aber gerecht«, sollte man später in den unvermeidlichen Jubiläumsreden über ihn sagen können, und er wollte außerdem dafür sorgen, dass diese Bemerkung unwidersprochen bleiben konnte. Sogar konsensfähig war er bei solchen Randfiguren wie Marie Maas. Und so schafften sie es, miteinander auszukommen. Hatten sie stillschweigend beschlossen.

»Wir müssen uns alle auch mal etwas sagen lassen können, Frau Maas«, fügte er sanft hinzu. »Und wir wollen das doch nicht persönlich nehmen.«

»Natürlich nicht«, sagte Marie Maas und hatte ihre Stimme wieder unter Kontrolle. Auch wenn ihr für den Augenblick vor lauter Samtweichheit nichts mehr einfiel.

Ein paar Stunden später, kurz nach halb sechs, stellte die Kommissarin fest, dass sie schon wieder auf dem Weg zum Osterbekkanal war, mitten in einem gehörigen Stau. Langsamer als der Minutenzeiger ihrer Autouhr schoben sich die Wagen über die verstopfte Kreuzung an der Mundsburg, und Marie Maas überlegte einen Augenblick lang, ob sie nicht ins Parkhaus fahren und im Einkaufszentrum an der Hamburger Straße nach einem Haushaltswarenladen suchen sollte. Aber die Wahrscheinlichkeit, dort so ein Geschäft zu finden, war relativ gering. Sie würde doch nur in der Haushaltswarenabteilung eines Kaufhauses landen, und es gab keine einzige Einkaufsmöglichkeit, die sie mehr verabscheute. Genau dort nämlich war sinnvolles Gebrauchsdesign nicht zu finden. Energisch gab sie Gas und rückte rasch ihrem Vordermann auf die Pelle, um in dieser Grünphase endlich die elende Ampel zu bezwingen.

Die Türglocke bei Seebrock, Haushaltsartikel und Sanitärbedarf, war leider nicht auf ein so sauberes Intervall gestimmt wie der Tritonus ihrer Kesselpfeife. Ein elektronisches Geklimper ertönte, das gar nicht wieder aufhören wollte. Fast hätte Marie Maas sich dafür entschuldigt.

»Einen Wasserkessel, natürlich. Gas oder Elektro?«

»Elektro.« Marie Maas stutzte. »Aber ich habe einen Gasherd zu Hause.«

Der Verkäufer erhielt sein aufmerksames Lächeln noch einen Augenblick aufrecht.

»Also Gas«, entschied er kühn.

»Nein. Elektro.«

»Wie Sie wünschen.«

Die Kommissarin wurde hinter ein raumteilendes Regal voller Druckkochtöpfe und Schnellkochtöpfe geführt, vorbei an einem martialischen Ständer mit Messern und Stechgeräten aller Art, und durfte dann ein Gebirge von Wasserkesseln bewundern. In allen Farben und verschiedenen Mustern emaillierte, schwere Kessel mit kurzen, schnauzenartigen Tüllen, vom Boden oder von der Mitte angesetzte, aufgeschraubte oder verschweißte Haltegriffe aus schwarzem Polyamid oder naturbelassenem Holz, Thermoböden, spiegelnde Edelstahlrundungen – alle Möglichkeiten, einen Wasserkessel zu gestalten, reihten sich hier aneinander. »Dies ist die Elektroabteilung«, sagte der Verkäufer und teilte mit Arm und Körperseite die eine Hälfte der Kessel ab. »Die anderen eignen sich nur für Gasherde. Sie verstehen: Für eine Elektrokochplatte braucht man einen planen Boden, um die Wärme optimal auszunutzen. Die Kessel sind auch schwerer. Und in der Regel teurer«, fügte er zögernd hinzu.

Marie Maas nickte. Soweit war ihr die Sache schon klar.

»Wissen Sie, ich suche einen ganz bestimmten Kessel. Einen Designerkessel.«

Der Verkäufer nickte wieder verbindlich und trat einen Schritt zurück. Ehe er jedoch in ein höheres Regal nach einem scheußlichen, weiß emaillierten, viereckigen

Monster greifen konnte, stoppte Marie Maas ihn.

»Nein, nicht so einer. Ich meine einfach nur einen Kessel, der formvollendet und richtig durchdacht ist; außerdem hat er eine Pfeife, die im Tritonus gestimmt ist. Eine Doppelpfeife, wissen Sie? Der Kessel an sich ist ganz schlicht, Edelstahl, glaube ich. Aber ich kann ihn doch auf dem Gasherd benutzen, das schadet ihm ja nicht, oder? Er hat so eine Flöte auf der Nase, verstehen Sie?« Sie ergänzte ihre Beschreibung mit ein paar pantomimischen Darstellungen und fingerte dabei an verschiedenen Kesselpfeifen herum, um etwas Ähnliches zu finden.

»Ah, ich weiß, was Sie meinen! Nein, den gibt's noch nicht.«

»Aber ich habe ihn gesehen! Ich habe ihn in der Hand gehabt, er steht ja bei mir zu Hause. Und funktioniert ganz phantastisch! Man glaubt, ein Intercity fährt durch die Wohnung, wenn das Wasser kocht. Ganz toll!«

»Jaja, ich weiß.« Der Verkäufer lachte. »Ich habe das Ding auch schon gesehen. In einer Ausstellung im Museum für Kunst und Gewerbe. Ach, und Sie sagen, der Kessel ist jetzt in der Produktion? Und wird schon ausgeliefert? Da muss ich ja sofort welche bestellen, das wird ein Renner.«

»Im Museum für Kunst und Gewerbe, sagen Sie?«

»Auf der Ausstellung von Roland Schapp, ja. Ich habe ihn noch meiner Frau gezeigt und gesagt, das wäre was für sie. Weil sie so musikalisch ist und nicht versteht, dass ich nicht pfeifen kann. Pfeifen, Sie wissen schon.« Er spitzte die Lippen und ließ ein leises Rauschen vernehmen.

»Und dort haben Sie den Kessel gesehen. Und im Handel ist er noch nicht. Habe ich das richtig verstanden?«

»Garantiert. Ich sehe immer genau alle Prospekte durch, und die Vertreter hätten uns auch darauf aufmerksam gemacht. Wir haben Kundschaft bis hoch zum Winterhuder Marktplatz und rüber an die Alster. Da kann man sich auch ein ausgefalleneres Sortiment leisten.«

»Sicher. Ich danke Ihnen.« Marie Maas tippte sich an die Lippen, wie um zu kontrollieren, ob sie zur Not auch selbst einen Flötenton produzieren könnte. »Ich danke Ihnen sehr!«

13

Wenn wir gestern Mittag die Leiche eines jungen Mädchens aus dem Wasser gezogen hätten, dann säßen Sie jetzt hoffnungslos hier fest, Herr Schapp.«

Schapp verzog das Gesicht, als hätte die Kommissarin etwas besonders Geschmackloses gesagt.

»Womit ich nicht sagen will, dass Ihre Karten jetzt so viel besser stehen.«

»Aber bei einem jungen Mädchen könnte sich auch der verknöchertste Beamtenarsch noch vorstellen, dass ihm der Gaul durchgeht, wenn er nachts mit ihr allein ist, auf einem romantischen Bootsanleger, beim Laternenschein ... nicht wahr? Eine alte Frau hingegen ...«

»Die Tatsache, dass ich selbst eine Frau bin und in absehbarer Zeit eine alte Frau sein werde und damit schwerlich ein Lustmolch in Ihrem Sinne sein kann, nimmt Ihren Ausführungen ein bisschen die Logik, finden Sie nicht?«

Schapp schwieg und starrte an der Kommissarin vorbei aus dem Fenster. Er war am späten Abend in München verhaftet worden. Dank der umsichtigen Vorarbeit von Kriminalrat Johnson wurde er sofort per Hubschrauber nach Hamburg geschafft. Eine Verfahrensweise, die eigentlich nur bei Bandendelikten oder politischen Verfahren und bei extrem sicherheitsbedürftigen Fällen angewendet wurde. Die Aktivisten der Rote-Armee-Fraktion wurden per Hubschrauber über die Bundesrepublik weitergereicht, um ihren aktiven Genossen draußen keine Gelegenheit für eine Gefangenenbefreiung zu geben. Und um eine gewisse Stimmung zu schaffen. Und genau darum ging es Johnson in diesem Fall. Da er keinerlei Ergebnisse aufweisen konnte und die Presse ihm im Genick saß und auf den Fluren lauerte, glaubte er wohl, mit aufwendigen Aktionen den Anschein von effektiver Polizeiarbeit erwecken zu können.

Marie Maas hingegen hatte sich nichts vorzuwerfen. In kaum einem Fall hatte sie bisher so viel in Gang gesetzt, ohne dass der notwendige Anlass dafür augenscheinlich war – eine Leiche. Nichts als die dürftige Anschuldigung einer Zeugin mit der Glaubwürdigkeit eines Märchenerzählers aus Tausendundeiner Nacht. Allein die Möglichkeit, dass sie doch recht haben könnte, war der Grund gewesen. Auf diese Möglichkeit hin hatte die Kommissarin alle Untersuchungen eingeleitet, wie in jedem anderen Fall.

»Warum ermordet man eine alte Frau, Herr Schapp? Lassen Sie uns doch einmal gemeinsam überlegen.«

»Um sie zu beerben.«

Marie Maas schüttelte den Kopf.

»Weil sie eine böse, alte Frau war und jemandem im Weg stand oder denjenigen bis aufs Blut gereizt hat«, sagte Schapp.

»Wen?«

»Ihren Sohn.«

»Fehlanzeige.«

»Keine Kinder?«

Kopfschütteln.

»Ihren Mann.«

Kopfschütteln.

»Nicht verheiratet?«

»Nicht mehr. Geschieden seit 1967. Ihr damaliger

Ehemann ist inzwischen verstorben.«

»Verwandte, Geschwister – alte Leute haben oft wieder engen Kontakt zu ihren Geschwistern.«

»Niemand. Die Tote heißt Mina Sunderborg. Sie wurde 1920 in Danzig geboren und floh im letzten Kriegsjahr nach Süddeutschland. Ihre ganze Familie ist im Krieg umgekommen oder spurlos verschwunden. Ihr erster Mann ist gefallen. Ihr einziges Kind hat die Flucht nicht überlebt. Nach einer Zeit im Flüchtlingslager wurde sie nach Norddeutschland verfrachtet, lernte dort ihren zweiten Mann kennen und heiratete nach Hamburg. Die Ehe blieb ohne Kinder. Als ihr Mann starb, fing sie an, schwer zu trinken. Mina war seit mindestens zehn Jahren Alkoholikerin. Nein, bei dieser Frau war nichts zu erben, nichts zu stehlen, sie stand niemandem mehr im Weg, außer sich selbst.«

Roland Schapp hatte sein Kinn in die linke Hand gestützt. Seine Manschetten waren mit Knöpfen verschlossen, das Hemd sah auch nach der durchwachten Nacht in Untersuchungshaft noch frisch aus und tadellos gebügelt. Seine Frau pflegte offenbar seine Hemden zu stärken. Oder sie gab sie in die Wäscherei, was bei Schapps Einkommen wahrscheinlicher war.

Schapps Rechte spielte nervös mit ein paar Blatt Papier auf dem Tisch. Er gruppierte spitze und stumpfe Winkel, und die Kommissarin spürte, wie seine Aufmerksamkeit sich langsam von ihr abwandte und er sich wie gewohnt in seine Innenwelt versenkte.

»Darf ich?« Schapp zeigte auf einen Kugelschreiber.

Marie Maas nickte, und Schapp begann, auf der Rückseite eines leeren Vernehmungsbogens zu zeichnen. Karsten Scholz sah kurz zur Tür herein, aber die Kommissarin winkte ihn wieder hinaus. Es gab nichts zu protokollieren.

»Wissen Sie, dass auf Ihrer Ausstellung im Museum für Kunst und Gewerbe etwas gestohlen wurde?«

Schapp sah kurz auf und zeichnete dann weiter.

»Nein. Was denn?«

»Ein Wasserkessel.«

»Gut ausgewählt.«

»Nicht wahr? Und wissen Sie, wo er wieder aufgetaucht ist?«

»Nun?«

»In der Laube der toten Mina Sunderborg.«

Schapp stockte wieder kurz und fuhr mit seiner Beschäftigung fort.

»Sie sind sich ganz sicher, dass Sie die Frau nicht kannten?«

Schapp zeichnete weiter.

»Hat Ihnen Frau Böhme nicht gesagt, dass etwas auf der Ausstellung gestohlen wurde, als Sie sie zuletzt gesehen haben?«

Nach einer Weile sagte Schapp: »Die Ausstellungsgegenstände sind versichert.«

»Wie schätzt man den Wert eines Prototyps ein?«

»Der Kessel ist jetzt in der Produktion. Er hat also einen klar benannten Wert. Im Übrigen ist er ja wieder da.«

Marie Maas verkniff es sich, ihm mitzuteilen, dass der Kessel bei ihr zu Hause auf dem Herd stand.

»Frau Pop zeigte mir bei unserem Gespräch Fotos von Ihren Arbeiten. Unter anderem ein Wasserkocher für eine Person. Sie liegen dort drüben.«

»Ich habe sie bereits gesehen.«

»Sie sagte, wenn ich Roland Schapp kennenlernen wolle, müsse ich mir Ihre Entwürfe ansehen. Dort wären Sie zu finden. Was meinte sie damit?«

Schapp schob die Augenbrauen in die Höhe, und Marie spürte, dass sie nun endlich einen Zugang zu diesem Mann gefunden hatte. Noch vor wenigen Minuten hatte sie gedacht, er würde das Verhör gleich abbrechen. Er würde darum bitten, in seine Zelle gebracht zu werden. Es gibt Menschen, die kann man zum Reden bringen, indem man ihre Würde bricht, indem man sie demütigt und unterwirft. Und es gibt andere, die fangen an zu reden, wenn man ihnen schmeichelt.

»Waren Sie schon einmal in einer Zelle im Untersuchungshaftgefängnis?« fragte er.

Die Kommissarin nickte.

»Was ist Ihnen aufgefallen?«

Sie zuckte die Achseln.

»Haben Sie die Fenster gesehen?«

Natürlich hatte die Kommissarin die vergitterten Fenster gesehen. Sie lagen ja der Tür direkt gegenüber, so wie höchstwahrscheinlich in allen Gefängniszellen der Welt. Rechts und links von der Tür Toilette und Waschbecken. Einen Schritt in den Raum hinein das Bett, das bis zur Außenwand reichte und mit rot und weiß kariertem Bettzeug versehen war. Gegenüber ein schmaler Eisenspind und ein Tisch mit Stuhl. Von der Decke hing eine weiße Kugellampe. Niemand behauptete, dass Gefängniszellen angenehme Aufenthaltsort wären. Und vergitterte Fenster sind immer ein Alptraum.

»Die Fenster in den U-Haft-Zellen haben ein Auffanggitter. Sehen Sie.« Schapp schob ihr eine seiner Zeichnungen rüber. »Wenn man es aufklappt, ruht die Glasfläche in diesem Gitterkasten, der nach innen in den Raum hineinragt. Das ist wie ein Käfig im Käfig. Es verstärkt für den Gefangenen den Eindruck, eingesperrt zu sein, verstehen Sie?«

»Sie meinen, diese Architektur ist extra so angelegt worden? Aus psychologischen Gründen?«

»Es gibt keine zufällige Architektur. Jede Gestaltung ist eine bewusste Entscheidung. Aber es gibt vielfältige Komponenten, die die Entscheidung beeinflussen oder bedingen. Es gilt zuerst, den Zweck des Produktes genau zu benennen. Für ein Gefängnisfenster hieße das: Licht und Luft hereinlassen, aber den Gefangenen daran hindern, die Zelle durch das Fenster zu verlassen. Oder nehmen wir erst ein einfacheres Beispiel.« Schapp sah sich auf dem Tisch um und griff nach einem Foto. »Der Wasserkocher. Jeder kann einsehen, dass ein Gerät, das eine Flüssigkeit aufnehmen soll, möglichst wenig Schweißnähte haben darf. Jede Naht ist eine mögliche Bruchstelle. Dies ist mein Ausgangspunkt für die Gestaltung. Wenn ich etwas entwerfe, lege ich zuallererst den Zweck des Objektes fest. Ein Wasserkocher ist kein Blumentopf, er muss nicht leicht stapelbar oder im Kühlschrank zu verstauen sein. Aber man muss ihn mit einer Hand heben können, er muss leicht zu reinigen sein, wegen der elektrischen Anschlüsse und so weiter. Dann entscheide ich mich für das günstigste Material. Soll es hart sein, langlebig oder gut formbar? Leicht zu entscheiden, wenn man zum Beispiel festgelegt hat, dass man ein Produkt fertigen muss mit wenigen Schweißnähten. Verstehen Sie?«

Marie Maas nickte.

»Eine andere Komponente, die die Gestaltung beeinflusst, ist die Fertigung des Produktes. Heutzutage ist es sehr wichtig geworden, ob im Herstellungsprozess Giftstoffe verwendet werden. Das will man vermeiden. Man muss – aufgrund der hohen Löhne in den Industrieländern – auf Handarbeit weitgehend verzichten. Die Produktion muss möglichst rationell, am besten maschinell vonstattengehen. Ich habe mich auf das Design von Serienartikeln spezialisiert – Luxusartikel in Massenfertigung. Ferner ist der Preis der Ware zu bedenken und so fort. Was ich für ein Mensch bin«, fuhr er nach einer langen Pause fort. »Abgesehen davon, dass ich diese Frage für absurd halte ... Sehen Sie, Kommissarin«, er wirbelte die Papierblätter durcheinander. »Dies hier wäre mein Entwurf eines Fensters für eine Gefängniszelle. Wir leben im Zeitalter der Imagination. Unsere Realitätsvorstellung beziehen wir vom Bildschirm, nicht wahr? Früher war es die Kirche, die uns eine Vorstellung von der Welt suggeriert hat, heute ist es die Welt der bewegten Bilder, übermorgen wird es etwas anderes sein. Aber immer muss sich der Mensch eine Vorstellung machen von den Dingen, das ist nun einmal seine Art, die Wirklichkeit zu erfassen. Wozu also diese aufwendigen Gitterapparaturen? Dieses ganze hässliche Eisenzeug und diese aufwendigen baulichen Maßnahmen? Alles überflüssig.«

Marie Maas starrte auf die flüchtig hingeworfene Skizze, die Schapp ihr rüberschob. Es war der Blick in eine Zelle von der Tür aus, ein bisschen von unten, wie ein Kind es sehen mochte. Hoch an der Wand gegenüber, wo normalerweise das Fenster sitzt, hatte Schapp einen Bildschirm gezeichnet. Auf der Pritsche lag eine Gestalt, die Hände im Nacken verschränkt. Auf dem Bildschirm war ein Gitter abgebildet. »Man kann natürlich das Bild wechseln, man kann ganze Filme von Gefangenschaft zeigen. Oder auch von der Freiheit, vom Leben in Freiheit, je nachdem, ob ein Gefangener gebessert oder bestraft werden soll. Und man kann den Bildschirm ausschalten, wenn man jemanden lebendig begraben will.«

»Was ist passiert zwischen Ihnen und Doris Böhme, Herr Schapp? Woher kennen Sie Mina Sunderborg? Welche Rolle spielt Frau Pop bei dem ganzen Theater? Sie werden noch eine Weile die Gitterfenster in der Untersuchungshaftanstalt studieren können, solange Sie nicht bereit sind, auf meine Fragen zu antworten.«

Roland Schapp raffte langsam und ruhig seine Zeichnungen zusammen.

»Können Sie mir ein paar Zeitungen und Papier und Bleistifte besorgen?« fragte er.

»Ich denke nicht daran. Im Übrigen müssen Sie diese Dinge bei Ihrem Haftrichter beantragen.«

»Wussten Sie schon, dass man die Struktur eines Fensters am besten an dem Schatten studieren kann, den es am Abend an die Wand wirft?«

»Ich wünsche Ihnen viel Vergnügen bei Ihren Studien, Herr Schapp.«

14

Im ersten Augenblick vermochte Marie Maas das rotwangige Gesicht unter der braunen Mohairkappe gar nicht zuzuordnen; sie sah nur Tomkins Gesicht einen halben Meter darüber leuchten, seine tiefliegenden, dunkelgeränderten Augen und einen zerzausten Haarschopf. Die beiden hatten das Flurlicht nicht eingeschaltet und wurden lediglich von dem Lichtkeil beleuchtet, der aus Maries Wohnungstür in den Hausflur fiel. Eine Komposition nach der Art »Josef und Maria in Bethlehem«. Eine Vorstellung, die Marie Maas gerade überhaupt nicht zusagte.

»Kommen Sie herein«, sagte die Kommissarin und zog Doris Böhme am Ärmel ihres erdfarbenen Ponchos in ihre Wohnung. Sie hatte sich vom Jeansfreak in eine Kunsthistorikerin der Kategorie »selbstgewebt, robust, aber geschmackvoll« verwandelt. Marie Maas fielen gleich ein paar passende norddeutsche Maler und Malerinnen für sie ein, aber eigentlich hatte sie für derlei Spiele jetzt gar keine Zeit. Tomkin schien im Hausflur angewachsen zu sein mit seinem vorwurfsvollen Gesicht.

»Störe ich? Hast du schon Besuch? Ist *er* gerade da?«

»Er? Wer?« Marie machte Platz, damit Tomkin eintreten konnte, und sah sich gleichzeitig nach Doris Böhme um. Was war hier überhaupt los? »Wo kommst *du* denn eigentlich her?«

»Linienflug«, sagte Tomkin. »Ich werde doch wohl das Recht haben ... wenn du dich schon nicht meldest ...«

Marie Maas ließ die Eingangstür los, die sich daraufhin langsam in Richtung Schloss bewegte, und überließ

Tomkin seinem Schicksal. Doris Böhme stand mit glühenden Wangen in der Diele und knetete die Enden ihres Strickschals.

»Ich wollte nicht stören. Ich war nur gerade hier in der Gegend ... ich wollte Sie anrufen, aber ...«

Tomkin schloss leise die Wohnungstür. Er setzte seine rot und schwarz karierte Reisetasche ab und verschwand nach einem kurzen Blick ins erleuchtete Wohnzimmer in der Küche, indem er sich vorsichtig an den beiden Frauen vorbeidrückte. Marie Maas ahnte, warum er gekommen war, obwohl es ganz unglaublich war. Eifersucht, in Ordnung. Das war wie eine Grippe. Man konnte vorbeugen, Vitamine schlucken, Sport treiben, jeden Morgen kalt duschen – irgendwann erwischte es einen doch. Mit ein paar Tagen Bettruhe und einem großen Paket Tempos war die Sache bald wieder im Lot. Soweit zum Thema Eifersucht. Deswegen musste man keinen teuren Linienflug von London nach Hamburg investieren. Den armen Tomkin musste etwas Schlimmeres erwischt haben. Wahrscheinlich saß er mal wieder fest in einer Schreibklemme, und es würde anstrengender Gespräche bedürfen, bis er sich das selbst eingestehen konnte. Dann, er erleichtert und sie erschöpft, würde er wieder abdampfen. Ganz ruhig bleiben, sagte sich Marie Maas, und ihr schoss noch der Gedanke durch den Kopf, wie gut es war, dass sie eine Flasche Riesling auf Vorrat gekauft hatte, ehe sie die verwirrte Doris Böhme am Ellbogen ins Wohnzimmer dirigierte.

»Sie haben mich angelogen. Sie kennen Roland Schapp. Und zwar recht gut. Wenn Sie mir jetzt nicht sagen, was zwischen Ihnen und Herrn Schapp vorgefallen ist, können Sie gleich wieder gehen. Ich habe meine Zeit nicht gestohlen und Wichtigeres zu tun, wie Sie ja eben bemerkt haben. Wie lange standen Sie denn schon hier vor der Tür?«

»Ich war gerade gekommen. Und dann kam dieser Herr dazu.«

»Was für ein Glück; allein hätten Sie sich womöglich beide nicht herein getraut.«

Doris Böhme zuckte die Achseln.

»Wir haben Herrn Schapp gestern Abend verhaftet. Sie wissen davon?«

Doris nickte.

»Ich habe es in den Nachrichten gehört. Er wird verdächtigt, die Frau in der Laube ermordet zu haben.«

»Aufgrund ihrer Aussage, ja.«

»Meiner?«

»Der Aussage Ihrer Freundin Theresa Pop.«

»Er war es nicht, Frau Kommissarin. Ich habe das auch nie behauptet. Und Theresa auch nicht.«

»Wir versuchen, Frau Pop zu erreichen.«

»Sie ist nicht da. Deswegen komme ich ja. Sie ist verschwunden. Ich muss auch dringend mit ihr sprechen. Unbedingt.«

»Das kann ich mir denken. Um Ihre neue Strategie abzustimmen, nicht wahr?«

»Wir haben keine Strategie.«

»Was war mit Ihnen und Herrn Schapp? Hatten Sie eine Affäre miteinander?«

Doris Böhme schwieg. Ihre rotwangige Oktoberfrische verblich vor Schreck und Scham. Das Ergebnis war so grausig kariert wie Tomkins Reisetasche.

»Hat er das gesagt?«

»Im Augenblick interessiert nur, was Sie sagen, Frau Böhme. Ich kann aber gern eine Gegenüberstellung arrangieren.«

»Nein!«

»Was ist daran so schlimm? Herr Schapp ist ein so liebenswürdiger Mann. Oder täusche ich mich? Haben Sie tatsächlich Angst vor ihm? So schreckliche Angst?«

»Ich kannte die Frau in der Laube«, haspelte Doris Böhme herunter, als könnte sie mit wirren Erzählungen wieder Boden unter die Füße bekommen. Sie tat der Kommissarin fast leid, aber nicht sie hatte ihr diese Suppe hier eingebrockt, sondern ihre Freundin Theresa Pop. Und die sollte sie gefälligst auch wieder auslöffeln. »Jeder im Viertel kannte die alte Frau. Sie saß immer auf dem Bootsanleger. Wenn sie nüchtern war, konnte man manchmal ein paar Worte mit ihr reden. Theresa kannte sie auch.«

»Haben Sie sie auch an dem Tag gesehen, als Theresa die Auseinandersetzung mit Roland Schapp hatte?«

»Ja. Aber sie war total betrunken. Ich habe mich gewundert, weil jemand erzählte, sie hätte aufgehört zu trinken. Aber sie hatte wohl wieder angefangen.«

Ein heiserer Pfiff schlich sich durch die Wohnung, schwoll an, und es ertönte ein schönes, sauberes Tritonus-Intervall. Doris Böhme horchte überrascht. Marie Maas sprang auf und lief in die Küche. Tomkin saß im Mantel am Küchentisch. Er hatte Teewasser aufgesetzt und sich ein Glas Riesling eingeschenkt. Den Fischsalat im Kühlschrank hatte er auch entdeckt.

»Was fällt dir ein«, zischte Marie Maas und riss den

Kessel vom Herd.

Tomkin sah sie erstaunt an. Hinter ihr war das Gesicht von Doris Böhme aufgetaucht.

»Ich dachte, ihr wollt vielleicht Tee.«

Wahrscheinlich war es das Beste, wenn Marie Maas nachher so tat, als wäre sein Besuch eine gelungene Überraschung. Wenn sie von dem Anlass absah, war es das ja auch. Sie stellte das Gas ab.

»Das ist ja ...« Doris Böhme starrte auf den dampfenden Kessel, der noch leise jaulte. »Das ist doch unser Kessel aus Schapps Ausstellung? Der gestohlene Kessel? Wie kommt denn der hierher?«

»Wir haben ihn in der Laube von Mina Sunderborg sichergestellt.«

»Das gibt es doch nicht. Wie kommt er da hin? Die Frau war doch nicht im Museum.«

»Woher wissen Sie das?«

»Ich weiß es nicht, aber ...«

»Es ist unwahrscheinlich.«

»Ja.«

»Ich schlage vor, Frau Böhme, Sie gehen jetzt nach Hause und überlegen sich in Ruhe, ob Sie nicht die Wahrheit auspacken wollen – auch ohne Rücksprache mit Frau Pop. Sie helfen damit nicht nur Herrn Schapp aus einer recht unangenehmen Situation, sondern auch sich selbst. Verleumdung, fehlende Mithilfe bei der Aufklärung eines Kapitalverbrechens – da kann einiges zusammenkommen.«

»Und der Kessel?«

»Den behalte ich bis auf weiteres hier«, brummte Marie Maas.

»Du hättest mir ja sagen können, dass es sich bei diesem Designer um einen Mordverdächtigen handelt«, knurrte Tomkin.

»Wie komme ich denn dazu, mich zu rechtfertigen? Ich tue doch weiter nichts, als mein Geld zu verdienen. Du musst einfach deine Phantasie im Zaum halten.«

»Ach, Marie.«

Ja?«

»Um meine Phantasie steht es schlecht. Ich habe eine Schreibkrise.«

»Dachte ich es mir doch.«

15

Es war noch vor sieben Uhr, und das Klingeln hörte nicht auf, als Marie Maas ihre schwere Hand auf dem Wecker landen ließ. Sie schlug die Augen auf. Noch kein Streifen Dämmer lugte ins Schlafzimmer. Tomkin drehte sich grummelnd auf die andere Seite. Sie schlüpfte aus dem Bett und machte sich auf die Suche nach dem Telefon, das einer ihrer Besucher gestern Abend versteckt haben musste.

»Ja?« meldete sie sich. So früh am Morgen konnte nur jemand anrufen, der sie an der Stimme erkannte: engste Verwandte, Tomkin – der war's nicht –, Josiane oder ihre Dienststelle.

»Schon wieder Anleger Bachstraße, Chefin.« Karstens Stimme klang nicht weniger verschlafen. Wie nett, dass man ihn zuerst geweckt hatte.

»Lass mich raten. Eine Frauenleiche.«

»Soll ich dich abholen, oder kommst du direkt hin?«

»Hol mich ab. Ich warte unten.«

Sie ließ ihre Hand einen Augenblick auf dem Hörer ruhen, der angenehm kühl war von einer Nacht auf dem Küchenboden. Sogar ihre Ohren schienen auf diesen verflixten Fall programmiert, dass sie das Klingeln so weit entfernt gehört hatte.

Nun war es also aus mit Theresa Pop. Wie naiv von ihr, zu glauben, sie könnte die Ereignisse aufhalten und dafür sorgen, dass eine der ihr Anvertrauten verschont blieb.

Renée Schapp saß wie eine Statue inmitten des Durcheinanders, das in allen Büros der Mordkommission herrschte. Sie rührte schon seit einer Viertelstunde in der Kaffeetasse, die Marie Maas für sie beschafft hatte. Die hellbraune Brühe darin musste inzwischen kalt sein.

»Ist es denn nicht besser, wenn ich vor dem Untersuchungsgefängnis warte, bis Roland entlassen wird?«

»Es wird noch eine Weile dauern, Frau Schapp. Außerdem wollte ich Sie sprechen. Ja? Maas, Kriminalpolizei«, sagte sie in den Hörer. »Ich rufe an wegen eines Ausstellungsobjektes, das in Ihrem Museum gestohlen wurde ... Wann das war, wollte ich gerade von Ihnen wissen. Es ist der Wasserkessel mit Tritonus-Flöte von Roland Schapp. Er ist während seiner Ausstellung vom ersten bis dreiundzwanzigsten September dieses Jahres abhanden gekommen. Ja, ich warte.« Sie legte eine Hand auf die Sprechmuschel und zwinkerte Frau Schapp aufmunternd zu. »Frau Wollweber aus der Verwaltung. Kennen Sie sie?«

Renée Schapp nickte und lächelte ein wenig. Aber wirklich nur ein Anflug. Seit sie hier heute Morgen aufgetaucht war, trug sie eine Leichenbittermiene zur Schau, als hätte man sie persönlich beleidigen wollen mit der vorübergehenden Festnahme ihres Mannes. Dabei konnte sie doch froh sein. Dank seines bombensicheren Alibis für die letzte Nacht, in der Theresa Pop getötet worden war – und zwar genau dort, wo sie selbst die unbekannte Tote am frühen Morgen des 25. September gesehen haben wollte, nämlich auf dem Bootsanleger Bachstraße –, konnte Roland Schapp umgehend entlassen werden und war vorerst von jedem Verdacht befreit. Was wollte man mehr, wenn man so bekannt war und damit der Öffentlichkeit ausgeliefert? Theresa

Pops Anschuldigung hätte, wäre sie so stehengeblieben, einen dicken Fleck auf dem guten Ruf des Künstlers hinterlassen.

»Sie wissen, dass Sie sich noch ein paar Tage hier zur Verfügung halten müssen, Frau Schapp? Auch Ihr Mann muss noch bis morgen oder bis zum Freitag in Hamburg bleiben. Ja, ich bin noch dran.« Die Kommissarin fasste den Hörer wieder fester und suchte nach einem Kugelschreiber. Auch ihre Schreibtischschublade war offensichtlich nicht mehr tabu. Kein Stift weit und breit. »Am Montag, dem vierundzwanzigsten September, das kann ich mir auch so merken ... ach nichts, Entschuldigung. Da haben Sie es festgestellt und Anzeige erstattet. Das kann ich dann selbst überprüfen. Vielen Dank. War denn ein Beamter von der Kirchenallee da? Wissen Sie seinen Namen zufällig noch? Johannsen? Prima. Nochmals vielen Dank. Wiederhören. So.«

Die Kommissarin legte den Hörer sanft auf die Gabel, stand vorsichtig auf, ohne ihre Papiere vom Schreibtisch zu fegen, und ging auf Zehenspitzen ins Nebenzimmer. Nach einem Augenblick kam sie mit fünf verschiedenen Schreibstiften zurück, schloss ihre Zimmertür hinter sich und verstaute die Utensilien einzeln in den Schubfächern ihres Schreibtisches. Einen schwarzen Tintenschreiber behielt sie in der Hand und sah ihn liebevoll an.

»Wir kennen uns doch. So, Frau Schapp. Auch wenn Ihr Mann für den Mord an Theresa Pop nicht in Betracht kommt und der Tod der armen Mina Sunderborg, der diese Affäre so unglücklich durchkreuzt, ebenfalls mit größter Wahrscheinlichkeit nicht von ihm verursacht wurde, so ist er doch ein wichtiger Zeuge und steckt bis zum Hals drin in der Sache. Das sage ich Ihnen hier in aller Deutlichkeit. Und ich werde von nun ab auch kein Blatt mehr vor den Mund nehmen und die Diskretion, mit der hier die Beteiligten gewisse Emotionen behandeln, nicht mehr teilen. Sie verstehen, was ich meine?«

Frau Schapp verzog keine Miene.

Die Kommissarin wartete, die Arme steif von sich weg gegen die Schreibtischkante gestemmt, und sah die junge Ehefrau und verhinderte Architektin streng an. Sie war Mitte Dreißig, wirkte aber jünger. Roland Schapp war Anfang Fünfzig. Ihr Vater war Franzose, vielleicht einmal in Deutschland als Soldat stationiert gewesen. Renée Schapp war in Deutschland aufgewachsen, in Hildesheim, wohin sie auch jetzt die Tochter gebracht hatte, um in Hamburg ganz für ihren Mann dazusein. Ihr dunkler Teint war makellos glatt und rein, und sie konnte es sich erlauben, so auszusehen, als würde sie nichts für ihre Schönheit tun. Sie ließ die dunklen Haare schlicht auf Schulterhöhe herunterhängen, dort ringelten sich Naturlocken über einem dicken Norwegerpullover mit Rollkragen. Dazu trug sie schwarze Stoffhosen und halbhohe Stiefeletten. Ebensolche wie die tote Theresa Pop. Eine schwarze Stiefelette hatte die Leiche heute Morgen angehabt, von dem anderen Schuh fehlte jede Spur. Dafür hatte sich die zweite blaue Sandale angefunden: im Schuhschrank in der Wohnung der Toten. Marie Maas schob und hob die Papiermassen vor sich hin und her. Schließlich fischte sie einen braunen DIN-A5-Umschlag heraus und warf Frau Schapp einen Stapel Fotos hin.

Renée Schapp warf kaum einen Blick darauf.

»Roland hat das nicht nötig, verstehen Sie?« Gelangweilt stieß sie den Fotohaufen an, bis er ins Rutschen kam. Unter den Aufnahmen von Wasserkochern, Haartrocknern, Besteck, Fernsehgeräten und nicht zuletzt dem genialen Wasserkessel kamen Aktaufnahmen zum Vorschein. Es mochte der elastische Körper von Theresa Pop sein, der da in ästhetischen Posen abgelichtet worden war. Ein Gesicht war nirgends zu erkennen.

Marie Maas wartete gespannt auf Frau Schapps Reaktion. Aber die blieb gleichgültig.

»Ich kenne die Aufnahmen«, sagte sie schließlich. »Sie sind uns zugeschickt worden.«

»Uns?«

»Ihm. Aber er war in Mailand. Wenn mein Mann auf Geschäftsreise ist, pflege ich die Post zu öffnen.«

»War der Brief denn nicht ausdrücklich an ihn adressiert?«

»Nein. Es hätte auch keinen Unterschied gemacht. Wir haben keine Geheimnisse voreinander. Können Sie sich das gar nicht vorstellen?«

»Als Sie geheiratet haben, wie alt ...«

»Mein Mann ist vierundfünfzig Jahre alt. Wir sind seit neun Jahren verheiratet. Darüber hinaus ist mein Mann seit etwa fünfunddreißig Jahren mit seiner Arbeit verheiratet, falls Ihnen das noch nicht aufgefallen sein sollte. Wenn ich mir seiner so sicher bin, dann nur aus dem Grunde, weil ich weiß, dass das Leben für ihn so am bequemsten ist. Weil er sich die Zeit nicht nehmen würde für eine ernsthafte Affäre, denn sie ginge auf Kosten seiner Arbeitszeit. Nicht auf Kosten der Zeit, die er mir oder unserer Tochter widmet. Wir haben nichts zu verlieren, ich muss mir gar keine Sorgen machen, verstehen Sie, Frau Kommissarin?«

»Haben Sie eine Vermutung, wer Ihnen die Fotos zugeschickt hat?«

»Natürlich kamen die von dieser Theresa Pop. Ein Umschlag aus Hamburg, das war doch klar. Vielleicht wollte sie ihn erpressen, ich weiß es nicht. Tatsache ist, dass Roland nicht erpressbar ist, so nicht.«

»Als ich am Sonntag bei Ihnen zu Besuch war, hatte ich durchaus den Eindruck eines harmonischen Familienlebens.«

»Den Eindruck haben besagt leider wenig über die Tatsachen, Frau Kommissarin. Es gibt Menschen, die sind immer abwesend. Die sind nie da. Kennen Sie das nicht?«

»Sie lieben Ihren Mann?«

»Er braucht mich.«

»Um abwesend sein zu können.«

»Um arbeiten zu können.«

»Sie müssen sehr großherzig sein. Sie sind Architektin, warum widmen Sie sich nicht Ihrer Arbeit? Ist die nicht ebenso wichtig? Kann Ihr Mann sich nicht eine gute Sekretärin nehmen?«

Frau Schapp schwieg.

»Wissen Sie, was ich glaube? Frau Pop war so ziemlich die einzige Frau, die Ihrem Mann gewachsen war. Ich weiß nicht, was zwischen den beiden vorgefallen ist, ich weiß nicht, welche Rolle Doris Böhme oder die Frau in der Laube in diesem Drama spielten, aber ich bin mir ziemlich sicher, dass die Rolle Ihres Mannes darin nicht besonders heldenhaft war. Dass er aufgeweckt wurde aus seiner kreativen Trance, dass da einmal jemand selbstsüchtiger war als er. Wie, meinen Sie, hat das auf ihn gewirkt?«

»Sie sagten doch, dass er nun nicht mehr verdächtig ist. Warum lassen Sie mich dann nicht in Ruhe? Haben wir denn noch nicht genug mitgemacht? Erst diese Schmutzkampagne in den Zeitungen, dann die Nachstellungen dieser Frau Pop, Rolands Verhaftung. Jetzt ist die Frau tot, entschuldigen Sie, wenn ich nicht in Tränen ausbreche, aber auch ohne eifersüchtig zu sein, ist es doch wohl verständlich, dass ich keine Trauer empfinde. Vielleicht hat sie meinen Mann in die Enge getrieben, vielleicht hat er ein bisschen geflirtet, das tun wir doch alle mal. Jedenfalls ist sie jetzt tot, und Roland ist unschuldig. Ihm kann nichts mehr passieren.« »Aber Ihnen, Frau Schapp, Ihnen kann jetzt eine Menge passieren, haben Sie sich das schon mal überlegt? Wie hat Ihr Mann denn reagiert, als Sie ihn wegen der Fotos zur Rede stellten?«

»Ich habe ihn nicht zur Rede gestellt.«

»Sie haben die ganze Angelegenheit mit stoischer Ruhe hingenommen?«

Renée Schapp sah die Kommissarin wütend an.

»Was haben Sie gestern gemacht, Frau Schapp? Seit wann sind Sie in Hamburg?«

»Ich bin zweiundzwanzig Uhr siebzehn aus Hildesheim hier angekommen. Vom Hauptbahnhof aus bin ich ins Hotel Atlantik gegangen. Später habe ich noch einmal einen kleinen Spaziergang gemacht. Dann habe ich geschlafen.«

»Wann?«

»Gegen Mitternacht. Ich weiß es nicht mehr genau.«

»Wir werden das überprüfen«, sagte Marie Maas.

Und erst nachdem Frau Schapp ihr Büro verlassen hatte, murmelte sie resigniert: »Wie gut, dass niemand weiß, dass Nachtportiers nur in Fernsehkrimis ein gutes Gedächtnis haben.«

Die Wache an der Kirchenallee, zuständig für den Bereich Mitte, den Kiez auf St. Georg und das Bahnhofsrevier, aber auch für das Museum für Kunst und Gewerbe, dessen neoklassizistischer Bau gleich hinter dem Steintorplatz aufragt, war mit ihren hölzernen Gattern und Tresen ein Paradebeispiel für die Behördenarchitektur der fünfziger und frühen sechziger Jahre. Dahinter hatte die Vorstellung gestanden, man müsse das Publikum wie eine Horde Vieh von den Fleischtöpfen, die womöglich zwischen dem billigen Sperrholzbüromobiliar der Büros versteckt waren, hinter Absperrungen zurückhalten. Ein verschrobenes, autoritäres Menschenbild stand hinter diesem Dekor, von Bürgern als renitenten, die Obrigkeit umschleichenden, umschleimenden, ihresgleichen denunzierenden Egomanen, die per Staatsgewalt – eine rein altruistische Instanz – zum Sozialen erzogen werden mussten. Als wären es nicht eben diese Menschen draußen im Revier, die das Soziale überhaupt erst ausmachten. Als gäbe es dahinter noch irgendeine Form von Gemeinsamkeit, die erst erreicht werden konnte, wenn all diese Menschen richtig erzogen worden wären. Nein, nicht nur die Theologie lebte von der Vorstellung eines ständig in Entfernung schwebenden Jenseits, auch der Beamtenapparat bedurfte für seine Rechtfertigung eines »Nachher«. Und die Last der zu korrigierenden Menschen. Jede Revierwache war dabei ein strategischer Stützpunkt, eine Art Spuckrinne, in der sich der Absud des Bösen sammelte, um von dort aus mit Hilfe der Justiz entsorgt zu werden. Und das Böse in seinen unendlichen Verkleidungen konnte sich verbergen hinter jedem Menschen, der sein Gesicht durch die ständig in Bewegung befindliche Tür der Wache steckte. Auch in einer Kripokommissarin aus dem »Strohhaus«. Niemand wurde ausgenommen, niemand für heilig erklärt, das war die Art reformierter Gerechtigkeit, die Polizeiwachtmeister Johannsen ausstrahlte, von der Nasenspitze bis zum Schnürsenkel seiner Uniformstiefel.

»Nehmen Sie Platz, Kollegin. Kaffee? Ich suche gerade die Akte heraus.« Er segelte aufgeräumt durch das enge Büro, das hinter dem Tresenraum lag, spülte mit dieser rührenden Unbeholfenheit, die sehr große und kräftige Männer bekunden, wenn sie am kleingehaltenen Hausfrauenmobiliar herumwerkeln müssen, eine Tasse und Untertasse am Waschbecken und trocknete sie sorgfältig mit einem Zipfel des Händehandtuchs ab. Aus dem Nebenraum hörte man das Gemurmel eines der vier anderen Kollegen, die hier gleichzeitig Schicht schoben. Er nahm eine Anzeige auf, blieb dabei geradezu bedrückend gleichmütig und freundlich, obwohl der bestohlene Herr offenkundig beabsichtigte, seine Reisegepäckversicherung zu schröpfen. Egal; was nicht widerlegt werden kann, gilt vorerst als wahr. Und die Sprache eines Protokolls hat nur die eine Aufgabe: für alle möglichen Interpretationen offenzubleiben. Dem

Beamten war dieser Merksatz in Fleisch und Blut übergegangen, und Marie Maas spürte diese Klarheit, das Ergebnis langer, mit einer ihr fremden Ehrgeizlosigkeit verbrachter Dienstzeit, sogar durch die Wand hindurch und um die Ecke herum.

Der Kaffee dampfte kaum noch, und Marie Maas verzichtete lieber auf die Milch, die ihn noch weiter abgekühlt hätte. Polizeiwachtmeister Johannsen blätterte mit angefeuchtetem Zeigefinger in der Akte, die nicht mehr als drei Blätter umfasste. Einmal vor, einmal wieder zurück.

»Tja«, meinte er abschließend. »Was möchten Sie denn dazu wissen, Kollegin?«

»Sie waren doch selbst im Museum, Herr Johannsen. Können Sie sich vorstellen, dass man so einen dicken Wasserkessel unauffällig rausschleppen kann?«

»Das Problem für uns in diesem Fall – wie übrigens häufig – ist ja, dass wir das gestohlene Objekt nicht gesehen haben.«

»Ein ganz normaler Wasserkessel.«

»Das sagen Sie so! Ich will Ihnen das mal verdeutlichen.«

Der Wachtmeister beugte sich vor, strich sich mit einer starren Handkante über die ergrauten Schläfenhaare, die sowieso mit einem Gel oder einer Pomade auf unverrückbarer Position an seinem Kopf anlagen, und umfasste dann mit der rechten Hand die geschlossene Faust der linken. Ein Mann, so groß und kräftig, dass er sein Leben gut und gern als Holzfäller oder Wilddieb hätte fristen können und dabei noch immer Energien übrig gehabt hätte. Und der war verdonnert worden zu einer Existenz am Schreibtisch, zwischen verschrammten Resopalmöbeln, hinter einer veralteten, hoppelnden Remington, mit einer Dienstwaffe am Gürtel, die er hoffentlich nie benutzen müsste, weil ihn nie jemand dazu ermächtigte und er sehr wohl kapiert hatte, dass es nichts Sträflicheres gibt für einen Polizisten, als sich selbst zu ermächtigen. Noch fünf Jahre bis zur Rente, schätzte die Kommissarin. Dann würde Polizeiwachtmeister Johannsen den Lebensrhythmus noch ein wenig verlangsamen, ihn strecken, noch ein paar besänftigende Gesten hinzuerfinden, noch ein bisschen eher schlafen gehen, noch ein bisschen langsamer kauen, sprechen, denken, bis dass der Tod ihn erlöste.

Die Kommissarin schüttelte sich. Was war bloß los mit ihr? Es musste an diesen graubraunen Büroräumen liegen, an diesen staubigen Aktenrücken, die sich zu Hunderten hinter Johannsen stapelten, oder an der zu kurzen Nachtruhe. Ob Tomkin inzwischen wach war? Sie würde ihn gleich anrufen, von hier aus, vor Johannsens unerotischer Nasenspitze. Ob er noch im Bett lag? Aber es war schließlich Mittag vorbei. Sie hatte inzwischen schon eine Leiche inspiziert, ein Verhör geführt, eine Ermittlung eingeleitet, und das alles, obwohl ein gutaussehender junger Mann bereitwillig in ihrem Bett auf sie wartete. Was war sie bloß für eine Närrin? Sie rutschte unruhig auf ihrem Stuhl hin und her.

Johannsen erzählte von einem Computerraub in einem Büromittelgeschäft auf der Langen Reihe. Sechs Computer waren gestohlen worden, ein Scanner, zwei Laserdrucker, zwei Telefaxgeräte.

»Wissen Sie, wie all diese Dinge aussehen?«

Er hatte diese Frage nun schon zum zweiten Mal gestellt, und Marie tauchte endlich aus ihrer sich fortspinnenden Träumerei, Tomkins angenehmen Männerkörper betreffend, wieder auf und nickte verwirrt.

»Ja, wirklich?«

»Nein. Ich meine: nein, natürlich nicht.«

»Sehen Sie, Kollegin, und dort liegt nämlich das Problem. Heutzutage sind wir oft gezwungen, Dinge zu suchen, von deren Aussehen wir nicht die leiseste Vorstellung haben.« Er wartete ab, blieb dabei so ruhig sitzen, mit der Rechten die Linke festhaltend, so ohne jede Lebensspannung, dass Marie Maas' Gedanken schon wieder abzugleiten drohten. Was erzählte er ihr da bloß? Sie hatte ihm doch eine klare Frage gestellt, oder? Fing sie jetzt auch schon an, herumzufaseln, Zeit und Worte zu schinden?

»Ein Wasserkessel, Herr Johannsen, gerade so einer, wie ihn Ihre Frau zu Hause auf dem Herd stehen hat.«

Johannsen zog seine beiden Fäuste zu sich heran und sah die Kommissarin zufrieden an. Nun hatte er also seine große Stunde gehabt. Wer weiß, ob er in den nächsten fünf Jahren noch einmal Gelegenheit haben würde, eine von der Kripo so ein bisschen auf die Folter zu spannen, den Schlaumeiern aus dem »Strohhaus« mal zu zeigen, dass sie vor Ort, auf den Revieren, auch gute Kriminalisten waren.

»Ein Kessel wie der von meiner Frau, sagen Sie? Nun, ich frage mich, woher Sie wissen, wie der Wasserkessel meiner Frau aussieht, Frau Maas. Aber ich werde Ihnen jetzt mal die Aussage der Zeugin Schneider vorlesen, ihres Zeichens Museumsangestellte. Sie betreut die Kasse am Haupteingang.« Marie Maas erinnerte sich mit Schrecken an die unfreundliche Person hinter dem kleinen Kassentischchen in der Eingangshalle des Museums, die sich geweigert hatte, sie und Susanne Bollmann umsonst einzulassen, damit sie zu den Büros gelangen konnten und zu Doris Böhme. Sie nickte Johannsen aufmunternd zu.

»›Ich habe‹, so die Zeugin Schneider, ›am Samstag Dienst gehabt und wie gewohnt gegen halb sechs Uhr abends begonnen, meine Kasse abzuräumen. Um sechs Uhr wird geschlossen, eine halbe Stunde vorher ist kein Einlass mehr. Es war wohl noch nicht ganz halb sechs, aber fast. Da kam ein Herr, er hatte keinen Mantel an, deshalb dachte ich, er habe seinen Museumsbesuch gerade beendet. Er bat mich um eine Plastiktüte. Er zeigte auf einen Wasserkessel, einen blanken Edelstahlkessel mit schwarzem Griff, ob er eine Pfeife auf der Tülle hatte oder nicht, kann ich nicht mehr sagen, den er auf dem Tresen bei der Garderobe abgestellt hatte. Er sagte, er habe den Kessel gerade gekauft und wolle ihn nun an der Garderobe abgeben. Dummerweise habe er sich im Kaufhaus keine Tüte geben lassen, weil er Plastiktüten hatte sparen wollen. Aber dann sei ihm der Gedanke gekommen, noch ins Museum zu gehen, und nun müsse er den Kessel verpacken.

Ich sagte ihm klipp und klar, dass er jetzt nicht mehr ins Museum könne, da wir um sechs Uhr schließen würden. Er sagte, er wäre doch nun schon einmal hier und hätte auch seinen Mantel schon abgegeben. Ich blieb dabei. Ich erklärte, dass ich strikte Anweisung hätte, ab siebzehn Uhr dreißig niemanden mehr einzulassen, und dass er morgen den ganzen Tag kommen könne, aber heute sicher nicht mehr. Schließlich sah er es ein und verschwand. Mit dem Kessel. Ich konnte schließlich nicht wissen, dass es der Kessel aus unserer Schapp-Ausstellung war, zumal ich ja annahm, er hätte das Museum gerade erst betreten. Ich hätte auch nie gedacht, dass jemand so dreist sein könnte, etwas zu stehlen und dann auch noch um eine Tüte dafür zu bitten.‹

Soweit die Aussage der Zeugin Schneider, Frau Kollegin. Ob dies nun wirklich der Kessel aus der Schapp-Ausstellung war, werden wir erst feststellen können, wenn der Kessel sich wiedergefunden hat. Denn sein Diebstahl ist erst am Montagvormittag bemerkt worden, da am Sonntag niemand die Ausstellungstische kontrolliert hat. Die Vernehmung von Frau Schneider fand statt am Dienstag, dem fünfundzwanzigsten September.«

Marie Maas war aufgestanden und hatte beide Fäuste in die Seiten gestemmt. Keine sehr kleidsame Geste in ihrem faltigen Popelinemantel, denn auch darunter hatte sie durchaus nicht die Figur einer Gymnastiklehrerin. Aber sie hatte jetzt ganz andere Probleme.

»Ein Herr, hat Frau Schneider ausgesagt. Hat sie eine Altersangabe gemacht?«

»Es gibt auch eine Personenbeschreibung, Augenblick bitte. Hier: ein Mann mit einem hellgrauen Haarkranz, etwas unordentlich frisiert, aber nicht ungepflegt. Er trug Stoffhosen und ein dunkles Flanellhemd. Alter ungefähr fünfundsechzig Jahre. Er sprach sehr leise. Seine Augen waren auffallend rot gerändert. Die Zeugin nimmt an, dass sie ihn wiedererkennen würde.«

»Danke«, sagte Marie Maas. »Das reicht. Das reicht

vollkommen. Den Herrn suchen wir schon in anderer Angelegenheit. Und die wird jetzt langsam rund.«

»Wenn ich Ihnen weiter behilflich ...«

»Ja, Sie werden uns weiter behilflich sein können. Ich werde ein Phantombild anfertigen lassen und an alle Revierwachen geben mit der Bitte, damit in den jeweiligen Haushaltswarenläden vorstellig zu werden. Der Mann hat eine Schwäche für Haushaltswaren.«

»Ladendiebstahl?«

»Organisierter Ladendiebstahl, ja.«

»Also kein typischer Fall von Alterskriminalität.«

»Das weiß ich nicht. Den bewussten Wasserkessel haben wir jedenfalls in der Laube einer alten Dame wiedergefunden, die wir vor drei Tagen tot aus der Alster gefischt haben.«

16

Die Wohnung von Doris Böhme lag tatsächlich genau über den inzwischen versiegelten Räumen der toten Journalistin. Sie wirkte nur kleiner, weil die Decken der Dachgeschosswohnung abgeschrägt waren und weil Doris Böhme in jedem Zimmer riesige alte Schränke aufgestellt hatte. Unvorstellbar, was eine junge Frau, die gerade ihr Studium beendet hatte, dort alles aufzubewahren hatte. Vielleicht folgten Museumsleute auch privat einem Sammeltrieb? Der Rest der Wohnung sah gar nicht danach aus: nirgends Nippes, nicht einmal Bilder hingen an der Wand, außer ein paar angepinnten Notizzetteln und zwei Postkarten. Die eine kam aus Berlin, und Marie Maas zog neugierig die Nadel aus der Tapete und las den Text. »Bin völlig blau, Schraube, Castro, der Schlappschwanz, jammert wieder rum, als müsste er gleich ins Lager. Geht's dir besser? Ewig deine Elvira.« Castro? Der befand sich doch auf Kuba. Und was für ein Lager? »Elvira« hörte sich auch nicht gerade echt an. Berliner hatten wohl einen eigenen Humor.

»Haben Sie sich etwas beruhigt?«

Doris Böhme hatte zu schluchzen aufgehört. Sie lag in einer Art Pyjama, es konnte auch ein Jogginganzug sein, auf der Couch in dem Zimmer, das man in bürgerlichen Wohnungen als Wohnzimmer bezeichnen würde. Außer dem mächtigen gelben Spiegelschrank und der Couch befanden sich hier noch ein recht hübscher Biedermeiersekretär, der unter Papierbergen und Büchertürmen fast zusammenbrach, und ein Kissenhaufen, auf dem die Kommissarin sich nicht niederlassen mochte.

Sie holte sich einen Stuhl aus der Küche.

»Was haben Sie bloß in all diesen Schränken, Frau Böhme? Sind das Erbstücke?«

Scheißthema. Die junge Frau nickte flach, legte den Kopf wieder in den Nacken, als könne sie so die Tränen nach innen abfließen lassen. Ihre Hände fingen wieder an, an dem nassen Taschentuch herumzudrücken. Dummkopf, schalt sich Marie Maas. Erbstücke haben mit dem Tod zu tun, und darauf reagierte die junge Dame heute allergisch. »Meine Eltern sind letztes Jahr gestorben. Verkehrsunfall«, flüsterte sie. »Ich habe es noch nicht fertiggebracht, alles fortzuwerfen.«

Eine neue Gefühlsaufwallung erschütterte sie, und die Kommissarin erhob sich von ihrem Küchenstuhl und begann wieder, zwischen den Schränken zu kreisen. Kein Museum, ein Mausoleum also. Umso schlimmer. Und Doris Böhme als Sachwalterin von Hinterlassenschaften. Ob sie auch den Nachlass ihrer Freundin Theresa Pop zu verwalten hatte? Mitleidlos stellte sie die Frage in den Raum. Schließlich konnte sie hier nicht ewig warten. Ein enormes Trompeten in das strapazierte Taschentuch war die Antwort.

»Frau Böhme.« Die Kommissarin hockte sich auf die Sofakante, ohne dabei vertraulich wirken zu wollen. »Sie werden mich heute nicht eher los, als bis wir hier bis ins Kleinste alle meine Fragen besprochen haben. Da können Sie ganz sicher sein. Ich verstehe gut, dass Sie schockiert sind über den Tod Ihrer Freundin. Auch über den Tod an sich und vor allem über den Mord an einer Frau hier direkt vor Ihrer Haustür. Theresa Pop hatte Würgemale am Hals, wahrscheinlich von ihrem eigenen Schal. Außerdem hat sie eine große Wunde am Hinterkopf, wir nehmen an, dass sie sich gewehrt hat und gestürzt ist. Gestorben ist sie jedoch vermutlich im Wasser. Eine Stiefelette hat sie verloren, oder man hat sie ihr ausgezogen. Die Leiche wurde auf dem Bootsanleger Bachstraße abgelegt wie ein Mahnmal. Ihr ist genau das geschehen, was sie eine Woche vorher mit eigenen Augen an einer anderen Frau beobachtet haben will und was groß durch die Zeitungen ging. Sie hat auf eine gewisse Weise ihren eigenen Tod vorweggenommen. Oder es war ein Rachemord. Wollen Sie die nächste sein, die wir hier aus dem Wasser fischen? Oder wollen Sie endlich mit uns zusammenarbeiten, um all diese Fäden zu entwirren?«

Die Predigt half. Doris Böhme schniefte nur noch in kurzen Abständen, ihre Schultern sprangen dabei in die Höhe. Dann legte sie endlich das zerknautschte Taschentuch aus der Hand und strich sich die Haare aus dem verschwollenen Gesicht.

»Haben Sie Theresa noch einmal gesehen, nachdem Sie bei mir waren?« fragte Marie Maas. Sie hatte ihren Notizblock aus der Tasche geholt.

»Nein, gesehen nicht. Aber sie rief mich an. Gegen zweiundzwanzig Uhr. Ich kam gerade nach Hause.«

»Wo war sie da?«

»Bei Samuel. Das ist ein Freund von ihr.«

»Bitte, Frau Böhme. Lassen Sie sich nicht alles aus der Nase ziehen.«

»Samuel ist ein guter Freund von ihr. Nicht, was Sie denken. Er ist schwul. Sie wollte noch einmal bei mir hereinschauen, wenn es nicht zu spät werden würde. Samuel wohnt in Altona, am Pferdemarkt. Er ist Fotograf.«

»Ach.« Die Kommissarin sah auf. »Das ist ja interessant.«

»Ja, er hat die Fotos von Schapps Ausstellung im Museum gemacht. Er macht immer die Fotos für Theresas Berichte. Und er hat auch die Aktfotos von Theresa gemacht. Es war ,Theresas Idee, das müssen Sie mir glauben! Ich will ihr jetzt nicht alle Schuld in die Schuhe schieben, jetzt, wo sie ...«

Wieder ein Tränenschub. Marie Maas sprang auf und stellte in der Küche Wasser auf den Herd. In dieser Wohnung gab es zur Abwechslung überhaupt keinen Wasserkessel. Ein Stieltopf wies starke Kalkablagerungen auf und wurde offenbar zum Wasserkochen benutzt. Erst als sie endlich einen Deckel für den Topf gefunden hatte, entdeckte die Kommissarin die Kaffeemaschine, die auf der Anrichte neben Toaster, Mikrowelle, elektrischer Schneidemaschine und Bügeleisen stand. Offenbar auch alles Erbstücke, unbenutzt. Plötzlich tat ihr Doris Böhme leid.

»Es geht schon wieder.«

»Ich mache uns erst mal Kaffee.«

»Nein, bleiben Sie bitte sitzen. Ich will jetzt weiterreden.« Marie Maas setzte sich brav wieder auf den Küchenstuhl. Eine schmale Nachmittagssonne brach durch die Wolken, und ein paar Strahlen spielten zwischen den halb zugezogenen Vorhangfalten. Ein Lichtreflex aus dem Spiegelschrank traf die geröteten Augen von Doris Böhme; sie wandte den Kopf ab. So matt, wie sie jetzt in den Kissen lag, hatte sie nichts mehr von der klobigen, ungeschliffenen norddeutschen Bauersfrau, hinter deren robuster Fassade sie sich manchmal versteckte. Sie erinnerte nun wieder mit ihren spitz zulaufenden, runden Händen an die Madonnen Botticellis oder Michelangelos. Frauenbilder, die es heute nicht mehr gibt: starke und empfindsame Frauen, an denen alles rund und weich ist, ohne groß und massig zu werden. Frauen, für die seit der Magerwelle in Europa kein Platz mehr ist. Ganz milde gestimmt, ließ Marie Maas ihren Blick über den rundlichen Körper streichen, der sich unter der Wolldecke abzeichnete; er blieb schließlich an den Wollsocken hängen, grün und blau geringelt. So grün und blau wie die mikroskopischen Wollreste aus dem Laborbericht, die blaue Sandale betreffend. Die Zehen an den kräftigen, runden Füßen mit hohem Spann waren etwas nach außen geneigt, so dass sich deutlich die vorspringenden Knorpel der Hammerzehen herausbildeten.

»Ich hatte mich ein kleines bisschen in ihn verliebt«, sagte Doris Böhme.

»Sie sprechen von Roland Schapp.«

Doris nickte. »Und er hat nichts getan, um ...«

»Um Sie in Ihre Schranken zu weisen.«

»Ja. Er hat mich auch nicht ermutigt. Er war einfach nur sehr nett.«

»Wie er immer ist.«

»O nein!« Jetzt fingen ihre Wangen an zu glühen, und die von den Tränen gereizte Haut spannte sich über das ganze Gesicht. »Er kann ziemlich unangenehm sein, wenn er arbeitet. Und er arbeitet immer.«

»Wie haben Sie sich kennengelernt?«

»Ich kannte ihn schon lange – natürlich nicht persönlich. Ich habe sogar mal ein Referat über seine Arbeiten geschrieben. Und dann natürlich durch die Ausstellung hier, bis wir uns schließlich privat kennenlernten ...«

»Privat? Wie meinen Sie das?«

Doris spielte wieder nervös mit dem Taschentuch.

»Ich hatte ... ich war krank ... er hatte mir versprochen, meine Mappe einmal anzusehen ...«

»Ihre Mappe? Sie meinen, Ihre eigenen Zeichnungen?«

»Ich habe ein paar Entwürfe gemacht für eine neue Museumsgestaltung, das hat ihn interessiert. Er wollte sie sich ansehen und sagte, vielleicht könne er etwas für mich tun. Er kennt ja Gott und die Welt. Erst wollte ich sie ihm mitbringen ins Museum, aber dann ...«

»Was war dann?« fragte Marie.

»Ich hatte vergessen, sie mitzunehmen. Und dann war ich krank.«

»Hmhm. Und was hatte Theresa damit zu tun?«

Doris Böhme schwieg. Marie hörte, wie der Wassertopf in der Küche brodelte und überkochendes Wasser zischend auf die Herdplatte spritzte. Doris Böhme schien davon nichts mitzukriegen, und die Kommissarin wagte nicht, sie jetzt zu unterbrechen.

»Es war Theresas Idee, ihn hierherzulocken. Sie wollte mir einfach helfen. Ich war nicht krank. Ich war völlig gesund. Und ich hatte meine Mappe auch nicht vergessen. Er kam hierher, nur ganz kurz. Er hatte gar keine Zeit. Er lebt eigentlich nur für seine Arbeit.«

Doris Böhme verlor sich in einem verträumten Blick auf das Karomuster ihrer Wolldecke. Verliebte sind immer etwas albern, aber Doris Böhme hatte es besonders stark erwischt. Marie Maas stand auf und ging in die Küche. Sie schaltete den Herd aus und kam zurück.

»Nun erzählen Sie mir noch den Rest, Frau Böhme, und dann sind Sie erlöst. Von mir jedenfalls.«

»Es gibt keinen Rest. Wir haben hier Kaffee getrunken, wir haben uns unterhalten. Und zum Abschied hat er mich väterlich umarmt und ist gegangen. Es gab keinen Grund, sich zu verabreden.«

»Und Ihre Mappe?«

»Die hat er hier vergessen.«

»Aha. Deshalb konnte er sie nicht finden.«

»Wie bitte?«

»Nichts. Erzählen Sie weiter.«

»Das ist alles. Ich war fürchterlich verletzt. Ich wollte mich rächen. Als ich Theresa davon erzählte, hatte sie gleich einen Haufen Ideen, wie das zu bewerkstelligen wäre. Theresa ist immer voll Ideen. Sie war immer voll Ideen. Ein Energiebündel. Sie hatte ja mit ihm schon einen Termin für das Interview vereinbart. So kamen wir dann auf die Sache mit dem Frauenmord auf dem Anleger. Wir dachten doch nicht, dass daraufhin eine richtige Ermittlung aufgenommen werden würde. Wir waren ganz schön erstaunt, als Sie hier aufkreuzten. Wir dachten, das würde nur unter ›ferner liefen‹ abgehandelt. Nur so, dass er einen ordentlichen Schreck kriegt und eine negative Presse. Das hat Theresa über ihre Kontakte gedeichselt. Er sollte schon ein paar Narben zurückbehalten. Aber natürlich nicht verhaftet werden. Und vor allem, als dann diese tote Frau in der Alster gefunden wurde ...«

»Sie wissen ganz sicher, dass Theresa am Morgen des fünfundzwanzigsten September keine Leiche gesehen hat?«

»Aber natürlich nicht! Das kann ich beschwören und beeiden! Ich habe ihr ja selbst den Schuh …«

»Die blaue Sandale.«

»Ja, das ist meine.«

»Die andere haben wir heute Morgen in Theresas Wohnung gefunden.«

»Sie wollte sie wegwerfen. Aber sie hat ja immer alles vergessen. Und nun ist es wohl egal.«

»Und Sie waren einverstanden damit, dass Theresa die Sache so weit getrieben hat? Ich meine, immerhin haben Sie den Mann ja geliebt.«

Doris Böhme zögerte und zog einen Schmollmund, der bei ihren geschwungenen, schmalen Lippen nicht recht gelang.

»Als sie die Aktfotos losschickte, war ich nicht mehr einverstanden.«

»Waren Sie sich denn so sicher, dass Theresa nicht selbst Interesse an Roland Schapp hatte? Er ist doch ein interessanter Mann, und sie war eine attraktive Frau. Wenn er sie nun nicht verschmäht hat und die beiden wirklich ein Verhältnis hatten?«

Doris Böhme schüttelte den Kopf.

»Aber Sie haben sich gestritten mit Theresa?«

Doris Böhme schlug die Wolldecke zurück und zog die Knie bis unters Kinn. Es war wirklich sehr warm in ihrem Zimmer geworden.

»Wir haben uns gestritten, ja.«

»Deswegen?«

»Nein, nicht deswegen.«

»Sondern?«

»Weil sie sich über mich lustig machte. Für sie war

Roland Schapp nur ein ganz normaler Macho. Theresa hielt nichts von Männern, sie waren ihr egal, verstehen Sie? Und dann hat sie gesagt, dass Schapp sie wirklich angemacht hätte. Nach dem Interview, in ihrer Wohnung. Und das ist garantiert nicht wahr! Roland Schapp lebt nur für seine Arbeit. Er ist kein Macho!«

Doris Böhmes Stimme wurde laut und ein bisschen schrill.

»Hat er denn wirklich im Hausflur gerufen: Ich bringe dich um?«

»Es hat jemand irgendwas gerufen.«

»Aber Sie haben nicht verstanden, was? Nicht einmal, wer es war?«

»Nein.«

Die Kommissarin musste einmal tief durchatmen, um das alles zu verdauen.

»Haben Sie Schapp seitdem wiedergesehen?«

»Nein.«

»Was ist mit Renée Schapp, seiner Frau? Kennen Sie die?«

»Nein.«

»Kannte Theresa Frau Schapp? Haben Sie sich hier kennengelernt? Bei der Ausstellungseröffnung vielleicht?«

»Nein.«

»Sie lügen.«

»Nein!«

»Theresa Pop hat um ihr Leben gekämpft, Frau Böhme. Hören Sie mir genau zu. Sie hat sich gewehrt, und offenbar war sie nicht weniger kräftig als ihr Mörder. Oder ihre Mörderin.«

Doris Böhmes Augen hatte sich wieder gerötet, aber keine einzige Träne quoll heraus. Sie presste beide Fäuste vor den Mund und starrte an Marie Maas vorbei in eine entfernte Zimmerecke.

»Ich traue es Ihnen einfach nicht zu«, murmelte die Kommissarin und konnte ihren Blick nicht lösen von den kleinen, zierlichen Fäusten, zu denen die Frau ihre Hände geballt hatte. »Oder ich will es einfach nicht wahrhaben.«

17

Der junge Mann hieß Samuel Meierdirks, war milchkaffeebraun, und dass er nicht gleich unten an das Klingelbrett geschrieben hatte, dass er schwul war, lag wohl daran, dass er dieses Klingelbrett gar nicht gab.

Im Erdgeschoss des Altbaus am Neuen Pferdemarkt war eine Szenekneipe untergebracht, und es sah so aus, als wären die letzten Besucher gerade eben erst gegangen. Es war kurz nach sieben Uhr morgens, als die Kommissarin das breite Treppenhaus hochstieg. Auf jeder Etage lagen drei Wohnungen. Wohngemeinschaften, den vielen Namen nach zu urteilen, die rechts und links der Türen zwischen Aufklebern, Parolen oder einfach nur dummen Sprüchen in allen erdenklichen Formen zur Kenntnis gebracht wurden. Bei Samuel Meierdirks im dritten Stock allerdings sah es ganz anders aus. Nur sein Name stand da, knallschwarz auf einen weißen Fotokarton projiziert in sauberen Pica-Großbuchstaben. Die Haustür war schwarz gestrichen, der Rahmen weiß, dann wieder ein Streifen schwarzer Ölfarbe. Jemand sah kurz durch den Türspion und öffnete dann unerwartet schwungvoll die Tür.

»Hereinspaziert, Kommissarin. Ich bin sogar schon aufgestanden. Kaffeewasser kocht, wie Sie hören. Suchen Sie sich ein Plätzchen. Ist noch nicht ganz meine Zeit, so früh. Aber Sie hatten es ja so eilig!«

Während er sprach, verschwand Samuel Meierdirks hinter einer der vielen offenen Türen, redete dabei pausenlos weiter und übertönte auch die Musikanlage, die, aus irgendeinem Zimmer gesteuert, über mehrere

Lautsprecher fetzige Klänge in die Wohnung schickte.

Noch nie hatte Marie Maas so viele schöne farbige Männer gesehen. Jedenfalls nicht so viele auf einmal. Der ganze Flur war tapeziert mit als Poster vergrößerten Fotos. Auf jedem dunkle, glänzende Haut. Vor Stolz und Übermut strahlende Gesichter, gespannte Muskeln, wie Perlen glänzende Zähne. Ein richtiger Körperkult war hier ausgestellt. Als der Fotograf schließlich, in einen goldfarbenen Kimono gekleidet, wieder auftauchte, stand die Kommissarin noch immer im Flur und starrte an die wie eine Galerie ausgeleuchteten Flurwände.

»Das ist mein Hobby, Chefin.« Er legte ihr sacht einen Arm um die Schultern und schob sie in eine große Küche. »Ich bin schwul, das wissen Sie sicher schon. Und ich bin Fotograf, also fotografiere ich gerne hübsche junge Männer; liegt nahe, nicht wahr? Nehmen Sie Milch?«

Marie Maas nickte. Es hatte ihr tatsächlich die Sprache verschlagen. Wenn sie gewusst hätte, auf was sie sich da einließ, hätte sie gestern am Telefon nicht so nassforsch auf einem frühen Morgentermin bestanden. Sie hatte damit gerechnet, einen verschlafenen jungen Mann anzutreffen in seiner rascheligen Behausung, noch etwas bekifft oder verkatert von der nächtlichen Künstlerfete. Da hätte sie leichtes Spiel gehabt mit ein paar gezielten Fragen, und außerdem wäre sie im Vorteil gewesen, weil sie acht Stunden durchgeschlafen hatte wie ein Stein am Meeresgrund. Und sogar ohne Tomkin weiter zu beachten, der sich friedlich in »seinem« Zimmer hinter dem Schreibtisch breitgemacht hatte, die Nächte durcharbeitete und zehnmal so viel schaffte, wie zu Hause in

London. Wenn man seinen eigenen Aussagen Glauben schenken konnte.

»Ich brauche einfach das Gefühl, dass jemand da ist. Das genügt«, hatte er behauptet. Eine ganz neue Theorie. Mal sehen, was er aus ihr rausholen würde. Wäre Marie nicht so sehr mit dem Fall Bachstraße beschäftigt gewesen, hätte sie viele Fragen daraus ableiten können. Zum Beispiel, ob es dann also gleichgültig sei, *wer* da war. Ob sie also austauschbar sei. Das hätte abendfüllende Debatten ausgelöst, denn sowohl Tomkin als auch sie, Marie Maas, konnten nie einen Satz stehenlassen ohne Erwiderung. Das war die einzige Spielregel, nach der sie ihre Streitbegeisterung kultivierten, und später einmal, wenn sie in Pension wäre, würde die Kommissarin genau prüfen, in welcher rhetorischen Tradition sie damit standen. Griechisch, jüdisch, römisch, scholastisch – es gab genau zu ortende Vorfahren für dieses Spiel, das statt mit Würfeln oder Karten oder bunten Spielfeldern und Figuren allein mit Worten und Sätzen ausgetragen wurde und damit praktisch überall, und ohne irgendwie das Gepäck aufzublähen, mit hinzunehmen war und begonnen werden konnte. »Streitpassion« hatten sie es einmal genannt, und es hatte überhaupt nichts – meistens – mit Zank und Streit zu tun, und ganz gewiss erst recht nichts mit dem üblichen Ehegezänk.

»Leben Sie hier allein?« fragte Marie Maas, um ein Gefühl für die Ausmaße der Wohnung zu bekommen und für diesen Mann, der schön wie eine Marmorstatue vor ihr am Herd lehnte und den Kaffee aufgoss. Sein Wasserkessel, registrierte die Kommissarin umgehend, war ein teures Elektromodell mit Thermoboden. Er war so blank wie ihr sichergestellter Schapp-Kessel zu Hause, und hier wie dort spiegelte sich die ganze Küche in voller Besetzung leicht verzogen in dem bauchigen Edelstahlrund. Meierdirks mochte Ende Zwanzig sein, vielleicht sogar älter, aber das schloss sie nur aus seinem Status; aussehen tat er noch wesentlich jünger. Er trug die Haare zu vielen langen Zöpfen verfilzt, und dazwischen rollte und ringelte sich jede Menge schwarze Wolle auf dem Kopf. Seine Gesichtszüge waren ebenmäßig und weich, und in den dunkelbraunen Augen schienen Funken zu blitzen, als stünde er unter Hochspannung.

»Gefalle ich Ihnen, ja?« fragte er grinsend. »Mustern Sie mich ruhig. Ich finde, Körper sind dazu da, um angeschaut zu werden.« Beim Lachen entblößte er schneeweiße, kleine Zähne. »Ja, ich wohne allein hier. Abgesehen von zeitweiligen Liebhabern und Modellen ohne festen Wohnsitz sowie Verwandten, die aus den USA oder aus der Karibik oder sonst woher angeflogen kommen und Great Germany sehen wollen – ja, und dann arbeite ich schließlich hier, hinten sind zwei Studios ...«

Er brach plötzlich ab und stellte die Kaffeekanne auf den Tisch, als wäre sie ihm viel zu schwer. Er ließ sich auf einen Küchenstuhl fallen und sah Marie schräg von unten in die Augen.

»Ist es wirklich wahr? Ist sie wirklich tot? Ich kann es einfach nicht glauben. Ich kann mir nicht vorstellen, dass jemand diese Frau umgebracht haben soll. Es gibt niemanden, der lebendiger war als Theresa. Mein Gott, ich liebe sie wirklich, ich habe sie wirklich geliebt wie eine Schwester ...«

»Theresa Pop ist tot, ja. Sie sind vermutlich der letzte,

der sie lebend gesehen hat, Herr ...«

»Sagen Sie Sam zu mir. Niemand nennt mich Meierdirks. Aber mein Vater hieß nun mal so.«

»Wann ist Theresa hier weggegangen am Dienstagabend?« Samuel hob seine hellen Handflächen hoch. Die Ärmel des Kimonos rutschten zurück und entblößten feste, wenig behaarte Unterarme.

»Mitternacht? Oder früher? Sie sagte noch: ›Jetzt habe ich sie lange genug warten lassen. Ich muss los, Sam. Hab' noch eine Verabredung ...‹«

»Sie? Wen meinte sie damit?«

»Keine Ahnung. Hätte ich gewusst, dass ... ich hätte sie hier angebunden ...«

Theresa Pop hatte noch eine Verabredung mit Doris Böhme, dachte die Kommissarin. Laut fragte sie: »Hatte Theresa einen Freund? Eine Liebesbeziehung?«

»Eine? Viele!« Jetzt lachte Sam wieder, und die Lebensenergie schoss zurück in diesen mächtigen Körper wie ein Blutstrom, der unterbunden worden war. Dieser Mann konnte unmöglich länger als einen Augenblick trübsinnig sein. »Verflucht noch mal, so eine Frau! Wir wollten zusammen eine Zeitschrift machen, ein richtig gutes Journal. Fotos und Berichte vom Feinsten, teuer und extravagant platziert. Wir waren auf dem besten Weg dahin ...«

»Mit der Kampagne gegen Roland Schapp ...«

»Kampagne – so ein Unsinn! Das war doch nur ein Gag, Theresa hat dem Typ eins auswischen wollen. Er hatte einer Freundin von ihr übel mitgespielt. Hat sie sitzenlassen oder so ähnlich. Passiert alle Tage, okay, aber nun war er mal an die Falsche geraten.«

»Sie haben Fotos von seinen Produkten für Theresas Artikel über ihn gemacht.«

»Ja. Für die *Design Review.*«

»Und die Aktfotos.«

»Oh, Himmel, Sie wissen aber auch alles! Ja, wir haben ein bisschen rumgealbert, und dabei kamen auch ein paar Schnappschüsse raus ... wollen Sie sie sehen? Ganz unschuldige Bilder. Habe sie alle irgendwo ... kein Problem ...«

»Nicht nötig. Ich kenne sie bereits.«

»Sie glauben doch nicht, dass Theresa deswegen ... das ist doch absurd! Doch nicht von diesem Schapp, das ist doch nicht sein Stil.«

»Roland Schapp hat ein bombensicheres Alibi. Es gibt kein besseres. Aber wir gehen schon davon aus, dass der Mord an Theresa Pop im Zusammenhang mit Ihrer Kampagne gegen Roland Schapp zu sehen ist. Oder halten Sie es für einen Zufall, wenn eine Frau am selben Ort tot aufgefunden wird, wo sie eine Woche zuvor eine Leiche gesehen haben will? Die es aber dort gar nicht gab? Nur in ihrer Phantasie?«

Samuel Meierdirks lehnte reglos auf seinem Stuhl. Nur die Augen schossen hektisch durch den Raum, als würden sie einen Pingpongball verfolgen.

»Bei uns hätte man für solche Fälle eine Erklärung gehabt. Meine Mutter hätte sofort auf Voodoo getippt. Sie ist Haitianerin. Jemand hat den Tod gerufen.«

»Und der ist schnurstracks gekommen.«

»Ist natürlich verrückt, hier so etwas zu sagen. Meine Mom könnte Ihnen das besser erklären.«

Marie Maas schwieg und dachte nach, was sie jemals

über den Voodoo-Kult gehört hatte; aber ihr fiel nur ein, dass sie es bei Hubert Fichte nachlesen könnte und dass Hubert Fichte ebenfalls schwul gewesen war. Ansonsten half es wohl nicht viel weiter, die offensichtliche Schicksalhaftigkeit am Tod von Theresa Pop zu betonen. Es war eben, als hätte die Journalistin von sich selbst gesprochen, als sie von ihrer erfundenen Leiche berichtete. »Sprechen wir nicht immer von uns selbst!« würde Maries Freundin Josiane dazu sagen und noch irgendeinen psychoanalytischen Tiefsinn anhängen.

Nach dieser angemessenen Würdigung des Themas trank Marie ihren Kaffee aus und kramte ihren Notizblock aus den Tiefen ihrer Handtasche hervor.

»Und jetzt erzählen Sie mir bitte alles, was Sie über Theresa Pop wissen, Sam. Ich möchte eine Liste aller ihrer Freunde, Liebhaber oder Bekannten samt Adresse und Telefonnummer haben. Und wenn Sie noch etwas Kaffee für mich hätten, wäre ich Ihnen sehr dankbar.«

»Jetzt bin ich es aber langsam leid, hier die ganze Arbeit allein zu machen«, trompetete die Kommissarin, als sie gegen zehn Uhr im Präsidium eintraf und mit einem verschlafenen Yalcin an der Fahrstuhltür zusammenstieß. »Wo wollen Sie denn jetzt hin?«

»Ich?« stotterte Yalcin.

»Ja, Sie! Jemand anders sehe ich hier nicht.«

»Nein? Dann ist es ja gut.« Yalcin sah sich vorsichtig um. Der Flur hinter ihm war völlig menschenleer. »Wissen Sie, mir war gerade der Dammann auf den Fersen.«

Marie Maas grinste. Dammann war der Kollege mit dem Nichtrauchertick.

»Hat er Ihnen auch eine Vollwertmühle aufschwatzen wollen?«

»Pssst. Er hockt hier irgendwo hinter der Tür und wartet darauf, dass jemand mit einer Zigarette vorbeikommt. Dann will er eine Abteilungsversammlung einberufen oder irgend so was. Furchtbar. Er glaubt, er könne mich auf seine Seite ziehen, weil ich Nichtraucher bin.«

»Mich auch. Weil ich aufgehört habe zu rauchen.«

»Na klar, da sind Sie genau die Richtige für ihn.«

»Mitnichten.«

Die Kommissarin schob Yalcin in ihr Zimmer und telefonierte rasch ihre Leute zusammen.

»Was treibt ihr eigentlich die ganze Zeit, wenn ich unterwegs bin und arbeite? Wo sind die Laborberichte, Susanne, haben Sie sich nicht darum gekümmert? Ist der Obduktionsbefund von Mina Sunderborg noch immer nicht auf dem Tisch? Heute ist Donnerstag, die Leiche ist Montag gefunden worden – wo bin ich hier eigentlich?«

»Liegt doch da«, warf Susanne Bollmann hastig und echt erschrocken ein und wies auf einen ordentlich aufgestapelten Papierberg auf Marie Maas' Schreibtischecke.

Die Kommissarin legte noch einen Zahn zu. Ihre Müdigkeit nach diesem viel zu frühen Arbeitseinsatz heute Morgen war wie weggeblasen, wenn sie jetzt ein bisschen Dampf ablassen durfte. Nur Karsten Scholz kannte sie lange genug, um sich davon völlig unbeeindruckt zu zeigen.

»Ich war mit dem Fall Köhn beschäftigt«, sagte er nur nüchtern. Das wusste die Kommissarin schließlich.

»Und was steht in dem Obduktionsbericht, Susanne?«

»Dass sie, also die Tote, dass sie schon tot war.«

»Bitte, Yalcin, hören Sie auf zu lachen. Sie meinen, dass der Tod nicht durch Ertrinken eingetreten ist.«

»Genau.«

»Sondern?«

»Leberkoma.«

»Sie ist nicht ...«, stammelte Yalcin.

»Sie hat sich zu Tode gesoffen.«

»Also indirekter Selbstmord«, sagte Karsten, und es klang wie ein zusätzliches Todesurteil.

»Und wie kam sie dann ins Wasser?« fragte Marie Maas.

Karsten zuckte die Achseln.

»Ich habe dann noch eine Telefonnotiz für Sie dazugelegt. Von gestern Abend«, sagte Susanne und schloss damit erleichtert ihren Rechenschaftsbericht ab.

Marie Maas trat hinter den Schreibtisch und ließ ihren Notizblock auf das Holz platschen, während sie mit der anderen Hand die Telefonnotiz aufnahm.

»Hier ist jede Menge Arbeit für euch. Jede einzelne Adresse muss überprüft werden. Ferner möchte ich, dass ihr Doris Böhme im Auge behaltet. Rund um die Uhr.«

»Der Dunstkreis der Theresa Pop, oje«, stöhnte Yalcin und blätterte die Seiten des Stenoblocks um.

»Die Yuppieszene von Barmbek«, fügte Karsten hinzu. »Ich wechsle bald rüber zu Einbruch/Diebstahl, da hat man es wenigstens mit handfesten Leuten zu tun.«

»Um Gottes willen«, murmelte Marie Maas und starrte tonlos buchstabierend auf den Telefonzettel. »Und das erfahre ich erst jetzt!«

Und ehe die drei Kollegen sich versahen, war die Kommissarin schon aus dem Büro verschwunden.

18

Haben Sie das gehört? Das ist vielleicht ein Schwein. Nee, was für ein Ferkel.«

Schritte entfernten sich im Treppenhaus. Marie Maas sah eine Hand am Geländer hochrutschen, dann beugte sich ein weißhaariger Kopf noch mal hinunter, und sie hörte einen alten Mann albern kichern.

»So war der schon immer. Einfach versaut. Wollen Sie rein oder raus?«

Die Kommissarin grüßte die runde Frau in Kittelschürze und Kopftuch, putzte sich die Füße ab und trat ins Haus, wobei sie Eimer und Wischlappen vorsichtig umrundete. Die Haustür fiel hinter ihr ins Schloss. Vor ihr lag der Stiegenaufgang des Hauses Novalisweg 24a und hinter ihr ihr erster Rundgang durch die Wohnsiedlung Jarrestadt, das berühmte Wohnungsbauprojekt der Weimarer Republik gleich gegenüber der Kampnagelfabrik. Mächtige rote Backsteinfronten bildeten eine asymmetrische Mietskasernenlandschaft. Zwischen Glindweg und Großheide, Semperstraße und Jarrestraße fanden sich die Wege der Dichter Hölderlin, Novalis und Jean Paul gekreuzt von Hansens-, Stammann- und Meerweinstraße, rund um einen begrünten und mit hohen Bäumen bestandenen Semperplatz. Zwischen den Ufern der Goldbek und der Osterbek gelegen, waren hier gut durchdachte Wohnungen gebaut worden, die mit Gemeinschaftsräumen, Waschhäusern, hellen Wohnungen und vielen Grünflächen den Wohn- und Lebensbedingungen der Hamburger Arbeiterschaft architektonisch mehr Lebensqualität erschließen sollten.

»Ich suche Herrn Burmeister, Heinrich Burmeister. Das war er doch eben nicht, oder?«

»Das? Das war Fritz, der Lotterfritze. Das war doch nicht Heinrich, da kennen Sie Heinrich aber schlecht. Dem würde so was nie über die Lippen kommen. Ham Se nicht gehört? Ich könnt' ja auch bei ihm mal rüberrutschen, hat er gesagt. So war der schon immer. Solange ich hier wohne, war der Fritze ein Schwein.«

»Ich kenne Herrn Burmeister nicht. Aber ich muss ihn dringend sprechen.«

»Ja, und?«

»Ich glaube, er ist nicht da.«

Wortlos schaffte die Frau Wischlappen und Eimer in die erste Etage, kam dann jedoch noch einmal zum Eingang zurück. Sie stemmte einen Arm in die dralle Taille und hielt sich mit der anderen Hand am Schrubber fest. Neugierig geworden, musterte sie die Kommissarin. Wenn jemand hartnäckig jemand Fremden sprechen wollte, dann stimmte da was nicht. Das ging über die Privatsphäre hinaus. Da hatte man als Nachbarin schon die Pflicht, sich einzumischen.

»Sind Sie etwa von diesem Inkassobüro? Der Heinrich hat alle Raten pünktlich bezahlt. Kann ich mir gar nicht vorstellen, warum da schon wieder jemand ...«

»Wissen Sie vielleicht, wo Herr Burmeister anzutreffen ist? Ich habe schon geklingelt, aber es macht niemand auf.«

»Dann ist er wohl nicht da«, sagte die Frau und wurde nun richtig vorsichtig. »Hab' ihn heute noch nicht kommen oder gehen sehen.«

»Dann kann ich wohl nichts machen«, sagte Marie

Maas resigniert und wollte den Hausflur wieder verlassen.

»Warten Sie mal. Sind Sie auch wirklich nicht von einem Inkassobüro?«

Die Kommissarin holte ihre Dienstmarke aus der Tasche und stellte sich vor.

»Es geht um den Mord an Mina Sunderborg, der Frau in der Laube, die wir tot aus der Alster gefischt haben. Sie haben sicher davon gehört.«

»Na, dachte ich es mir doch. Warten Sie mal, kommen Sie mit. Ich bin übrigens Frau Seidel, schräg rechts gegenüber von Herrn Burmeister. Schon seit siebenunddreißig Jahren.«

Sie kletterte behände die Treppe hinauf, griff mit einem kurzen Ächzen Wischlappen und Eimer vom Boden und stieg mit einem gleichmäßigen, stampfenden Schritt die drei Etagen hoch vor der Kommissarin her. Rechts schräg gegenüber von Burmeister hatte sie nach dem Tod ihres Mannes vor sieben Jahren ihre Vierzimmerwohnung gegen die Zweizimmerwohnung genau daneben eingetauscht.

»Reicht doch für mich allein. Die Kinder übernachten hier ja nicht mehr. Nur manchmal mein Enkel.« Sie wies auf ein Kinderfoto, das zwischen anderen in einem großen Wechselrahmen steckte. »Nun setzen Sie sich man erst mal hin, und ich mache uns Kaffee. Das ist ja ein scheußlicher Beruf, den Sie haben. Als Frau, meine ich. Man kennt das ja aus dem Fernsehen.«

Marie Maas ließ sich auf eine hellbraun und gold gestreifte Couch sinken mit Blick durch die Alpenveilchen auf den Innenhof des Novalisweges – schön ruhig war es hier. Es sah ganz genauso aus wie bei ihrer eigenen Großmutter seinerzeit, und es roch auch genauso. Ein bisschen nach Eau de Cologne, Tulpenzwiebeln und Spülwasser und, wo die Sonne hinfiel, ein bisschen nach frisch aufgewirbeltem Staub. Ein Geruch, den man in der Kindheit aufnimmt und der konstant bleibt, der immer wieder auftaucht. Anders als der eigene Geruch oder der von Freunden, Gerüche, die sich ändern und immer wieder neu gestaltet werden. Dies hier war der Geruch des Älterwerdens, männlich mit Zigarre und weiblich mit Eau de Cologne. Fast wartete sie auf die Bonbons und den Keksteller auf der handgestickten Decke und glaubte schon, die Tüte in der Küche knistern zu hören.

»... hab' ich Heinrich ja gleich gesagt, er soll doch hingehen zur Polizei, irgendwann kommen Sie doch drauf, dass er sie kannte. Was sage ich, sie kannte, er hatte sie richtig gern, die Mina. Obwohl Sie doch ... na, das wissen Sie ja sicher auch schon, dass die Mina getrunken ...« Frau Seidel war ins Wohnzimmer getreten, Keksteller und Kaffeetassen in der Hand, und hatte bei dem Wort »getrunken« die Stimme zu einem Flüstern gesenkt.

Marie Maas nickte.

»Jedenfalls wollte der Heinrich partout nicht hingehen. ›Das macht sie auch nicht wieder lebendig‹, sagte er nur. Und dass es gar nicht wichtig wäre, wie sie nun zu Tode gekommen sei und wer da nachgeholfen hatte – also, ich habe das nicht verstanden. Wo er so viel für die Frau getan hat. Er hat sie ja vom Alkohol runtergebracht, wussten Sie das?«

Marie Maas schüttelte den Kopf. Dieser Frau brauchte man überhaupt keine Fragen zu stellen. Alles kam, wenn auch auf ihre eigene Art und Weise sortiert, zutage. Die Kommissarin musste die Informationen nur einsammeln wie Fallobst.

»Hat er. Mit seiner ruhigen Art. Und dabei hatte er es doch wirklich nicht leicht im Leben. Wenn man sich das so vorstellt ... Beide Kinder hat er verloren. Und ganz früh schon die Frau. Und dann ... was soll ich Ihnen sagen. Nehmen Sie Milch?«

Marie Maas nahm auch kräftig von den Keksen und schüttelte den Kopf, als Frau Seidel ihr einen Aschenbecher hinhielt. Die hatte den Blick jetzt in weite Ferne geschickt, und es war nur eine Frage von Sekunden, bis Heinrich Burmeisters gesamte Lebensgeschichte aus ihr herauspurzeln würde.

»Es liegt eine Anzeige vor gegen Herrn Burmeister. Wegen Ladendiebstahl«, sagte die Kommissarin.

Frau Seidel sah so erschrocken aus, als würde sie selbst vor den Kadi gerufen.

»Er hat in Haushaltswarenläden mehrfach Haushaltsgeräte mitgehen lassen. Gestern Nachmittag wurde er von einem Hausdetektiv erwischt.«

Frau Seidel legte den Keks, in den sie gerade hatte beißen wollen, auf dem Rand ihrer Untertasse ab. Ihre Augenlider hatten sich gerötet, sie fummelte am Kittel nach einem Taschentuch.

»Dass ihm das nun noch ... das ist so ungerecht ... er hat es so schwer gehabt im Leben ... und ist so ein guter Mann ... wenn meiner nur halb so gut gewesen wäre ... so ein höflicher Mensch.«

Es war die reinste Katastrophe.

»Frau Seidel, wir müssen Herrn Burmeister dringend sprechen, das können Sie sich sicher vorstellen …«

»Er hatte sich doch so verschuldet, wegen seinem Jungen. Der Konkurs, und dann der Unfall, Sie glauben ja nicht, und nun soll er wegen Ladendiebstahl ins Gefängnis. Gibt es denn gar keine Gerechtigkeit mehr? Nur immer die Großen, die werden laufengelassen. Uns kleine Leute, für uns gibt es nur Prügel und Unglück.«

Ein Schluchzen erschütterte die gute Frau, so dass Marie Maas verlegen nach einem Keks griff.

»Es gab zwei Frauenmorde hier innerhalb von einer Woche, Frau Seidel. Sie müssen einsehen, dass wir die Dinge nicht auf sich beruhen lassen können. Ich hoffe, für Herrn Burmeister klärt sich alles ganz einfach auf. Aber er muss sich mit uns in Verbindung setzen. In seinem eigenen Interesse, sagen Sie ihm das. Kann ich mich auf Sie verlassen?«

Schluchzend, das Taschentuch abwechselnd an die Lippen und an die Augen gedrückt, nickte Frau Seidel und folgte der Kommissarin etwas unsicher an die Wohnungstür.

»Ich klingel' alle Stunde bei ihm an. Ich bringe ihn höchstpersönlich auf die Wache. Ich verspreche es. Aber Sie müssen mir versprechen, dass Sie ihn nicht einsperren. Der Mann hat immer nur Gutes getan für alle, die mit ihm zu tun haben. Und selbst wenn er wirklich gestohlen hat, dann hat er es womöglich für jemand anders getan.«

Daher weht der Wind, dachte die Kommissarin und ärgerte sich, als sie wieder auf der Straße stand, dass sie nur ganz kurz einen Blick in die Küche von Frau Seidel geworfen hatte. Da hatte doch so ein chromglänzendes Gebilde auf dem Herd geblitzt, das man in dieser einfach ausgestatteten Wohnung gar nicht erwartet hätte. Wer weiß, was sich noch alles angefunden hätte. Aber beweisen konnte man Hehlerei natürlich nicht so einfach. Und Diebstahl auch nur auf frischer Tat. Haushaltswaren sind Allerweltswaren. Auch die Luxusartikel der bekannten Firmen, für die Schapp arbeitete, wurden in Serienproduktion gefertigt, hatte Schapp gesagt. Und das hieß, dass die gestohlenen Gegenstände nie wieder zu identifizieren waren. Das hieß weiterhin, dass sie ihren Kessel auch ruhig behalten konnte, schließlich würde er demnächst im Handel sein!

Trotzdem musste sie Burmeister schleunigst finden. Wenn sie nur nicht so maßlos beunruhigt wäre, ohne zu wissen, wo die Gefahr lauerte.

19

Marie Maas schlenderte noch ein bisschen kreuz und quer durch die Jarrestadt, bewunderte die begrünten Innenhöfe, in denen es im Sommer gesellig zugehen musste, und fand all ihrer Voreingenommenheit für Wohnsiedlungen zum Trotz Gefallen an dieser künstlichen Steinlandschaft. Sie hatte nicht viel gemein mit den Massenquartieren aus den Jahren der großen Stadterweiterungen, die im Laufe der Industrialisierung typisch für die Metropolen geworden waren.

Manchmal gab es Augenblicke bei einer Ermittlung, die man aussitzen musste. Wie es auch im Leben Phasen gibt, die man durchhalten muss, in denen es nichts mehr zu entscheiden gibt, nichts zu verändern, nichts zu korrigieren. Und nichts geht voran. Die Welt scheint stillzustehen, und man muss mit ihr die Luft anhalten. Untertauchen in einem Nichts. Bis es zu Ende ist. Das ist wie die Sekunde der großen Stille vor einem Verkehrsunfall. Die Sekunde, die dem Schrecken vorausgeht. Aber auch der Auflösung.

Über den Jean-Paul-Weg gelangte die Kommissarin zur Jarrestraße und fand sich genau gegenüber dem Eingang des Theaterprojekts Kampnagel wieder. Zwischen den Hallen hatte sie ihren Wagen geparkt. Sie musste über Funk die Fahndung nach Burmeister einleiten. »An alle Streifenwagen.« Mit geschlossenen Augen suchte sie konzentriert die Personenbeschreibung zusammen. Als sie die Augen wieder öffnete, standen Karsten Scholz und Susanne Bollmann vor ihrem Wagen und lehnten sich über die Kühlerhaube.

»Hier steckst du also«, rief Karsten. »Wir haben dich überall gesucht.«

»Ich habe diesen Burmeister ausfindig gemacht. Den Spezialisten für Ladendiebstahl in Haushaltswarenläden. Außerdem Intimfreund der toten Mina Sunderborg. Jetzt müssen wir ihn nur noch kriegen. Und was ist mit Doris Böhme?«

»Nicht zu Hause. Yalcin versucht, sie im Museum abzupassen.«

Marie Maas war auf den Beifahrersitz gerückt und hatte Karsten ans Steuer gelassen. Susanne Bollmann nahm im Fond des Wagens Platz.

Hinter der Einfahrt zur Kampnagelfabrik teilte sich der breite Weg über das ehemalige Werksgelände nach rechts zur Kantine und weiter zu den Hallen zwei, drei, vier und sechs. Nach links ging es hinter dem Kassenhäuschen zu dem Verwaltungsgebäude. Karsten rollte unschlüssig auf die Kreuzung zu und wich einem langsam fahrenden LKW aus, der bunt bemalt war wie ein Zirkuswagen. Schließlich bog er vorsichtig auf die Jarrestraße ein und ordnete sich gleich wieder links ein, um hinter der Brücke über die Osterbek in die Osterbekstraße abbiegen zu können.

»Willst du noch mal zu Doris Böhme?«

»Unser Wagen steht da drüben. Ich dachte auch, wir sollen sie nicht aus den Augen lassen. Irgendwann muss sie ja nach Haus kommen.«

Marie Maas starrte auf die Uferböschung auf der linken Straßenseite. In zehn bis fünfzehn Metern Abstand voneinander promenierten hier die Hundebesitzer mit ihren großen oder kleinen vierbeinigen Hausgenossen.

Susanne Bollmann war ausgestiegen, raffte ihren Anorak mit dem Kunstpelz an der Kapuze vor der Brust zusammen und lief zur Haustür. Sie klingelte und wartete. Der Feierabendverkehr auf der Barmbeker Straße donnerte wie Gewittergrollen herüber.

»Warum wollte Theresa Pop ihre Freundin Doris Böhme am Abend ihres Todes warten lassen?« murmelte die Kommissarin.

Karsten duckte sich hinter das Lenkrad.

»Ich bin eigentlich gar nicht auf dem laufenden, Marie. Ich habe außerdem so gut wie überhaupt nicht geschlafen die letzten Nächte. Bin einfach nicht ganz da.«

»Hm. Theresa Pop hat Doris Böhme an diesem Abend von ihrem Freund Sam aus angerufen. Gegen zweiundzwanzig Uhr. Doris Böhme kam gerade nach Hause, und zwar von mir. Sie hatte mich besucht. Sie war völlig aufgelöst, weil Roland Schapp verhaftet worden war und sie sich und Theresa zu Recht dafür verantwortlich machte.«

»Und?«

»Und sie wollte Theresa sprechen und fand sie nirgends. Sie wollte natürlich dafür sorgen, dass Theresa ihre Aussage zurückzog. Sie wollte Schapp entlasten. Aus dem Spiel war Ernst geworden, Schapp saß plötzlich im Knast!«

Karsten trommelte aufs Lenkrad. Er mochte den Audi nicht, den Marie Maas am liebsten fuhr. Er konnte es nicht abwarten, wieder in seinen BMW zu kommen, der in der zweiten Reihe vor Doris Böhmes Haustür geparkt war. Susanne Bollmann kam zurück und setzte sich wieder auf den Rücksitz.

»Einfach niemand da«, sagte sie.

»Doris Böhme muss völlig aufgelöst und erleichtert gewesen sein, als sich Theresa am Dienstagabend bei ihr meldete. Warum wollte Theresa sie warten lassen? Sie hat zu Sam gesagt: ›Jetzt habe ich sie lange genug warten lassen.‹«

»Und wieso glaubst du, sie meinte Doris Böhme?«

»Ich sagte doch, sie hat vorher mit ihr telefoniert ... ach so.« Die Kommissarin starrte ihren Kollegen an. Es dämmerte stark, und sie musste blinzeln, um Karstens Züge richtig zu erkennen. »Du meinst, sie hat jemand anders gemeint?« »Das Pronomen ›sie‹ kann doch auch den Plural bezeichnen. Vielleicht hat sie eine ganze Bande von Liebhabern gemeint.«

»Und einer von ihnen ...«

»Zum Beispiel.«

»Nein. Das glaube ich nicht. Aber du bist trotzdem ein Schatz, Karsten.« Die Kommissarin sprang aus dem Wagen, umrundete ihn und riss die Fahrertür auf. »Sei so gut und übernimm wieder deinen Wagen. Susanne, Sie fahren mit mir mit.«

Roland Schapp saß auf dem Fußboden zwischen einer großen Polstergruppe und der Bettkante. Die Sessel, ein kurzes Zweiersofa und der niedrige Nussbaumtisch waren mit Papieren bedeckt. Auf dem Fußboden wellten und krümmten sich unzählige Papier- oder Pappgebilde in verschiedenen Größen. Schapp sah nicht auf, als die Kommissarin mit Susanne Bollmann das Hotelzimmer betrat, und er begrüßte sie auch nicht, denn zwischen die Zähne hatte er eine Tube Klebstoff geklemmt.

»Nehmen Sie doch Platz«, sagte seine Frau und begann, das Zweiersofa freizuschaufeln. Sie hatte ihre Haare zu einem Knoten aufgesteckt und war gerade dabei gewesen, im Badezimmer ein bisschen Wäsche auszuwaschen. Ihre Hosenbeine und das weite Sweatshirt waren vor dem Bauch nassgespritzt, und sie hatte die Ärmel bis über die Ellbogen aufgekrempelt.

»Wir werden ganz verrückt hier in diesem Zimmer«, sagte sie, als sie merkte, wie die Kommissarin sie musterte. Mit dem Unterarm strich sie sich ein paar Haarsträhnen aus dem Gesicht und hörte auf, sich mit dem Sofa zu beschäftigen. »Ich hoffe nur, dass wir bald nach Hause fahren können. Sie kommen doch, um uns das zu sagen?«

Marie Maas versuchte, zwischen den zerknitterten Papieren einen Platz zu finden, und nötigte auch Susanne Bollmann auf einen Stuhl, der voller Pullover und anderer Wäschestücke hing und prompt zu kippeln begann. Renée Schapp sprang hinzu und rettete den Stuhl. Susanne blieb lieber neben der Tür stehen und sah aus wie die Leibgarde der Königin.

So fürstlich das Hotel Atlantik von außen auch wirkte, dieses Zimmer war eine Enttäuschung. Und dank ihrer neuartigen Beschäftigung mit den Formen und Gestalten der Außenwelt fiel der Kommissarin auch gleich auf, woran das lag.

»Was halten Sie von diesem Fenster hier, Herr Schapp?«

Schapp schüttelte energisch den Kopf und spuckte schließlich die Klebstofftube auf den Boden. Mit beiden

Händen presste er weiter zwei Kartonenden aufeinander und drückte das Modell gleichzeitig gegen den Oberschenkel, um eine halbrunde Formung beizubehalten.

»Scheußlich. Unglaublich. Man hat weder Licht noch Ausblick hier. Eigentlich kann man nur den ganzen Tag den Vorhang zuziehen. Wirklich eine gelungene Fortsetzung der Hamburger Untersuchungshaft.«

»Haben Sie denn nun den Täter?« frage Renée Schapp, und je mehr sie sich fing, desto energischer trat sie auf. »Lassen Sie uns endlich in Ruhe? Meinen Mann hat diese ganze Angelegenheit nicht nur viel zu viel Zeit und Kummer gekostet; die Auswirkungen der Pressekampagne gegen ihn sind noch gar nicht absehbar.«

»Das verstehe ich voll und ganz, Frau Schapp. Aber ich habe noch ein paar Fragen an Sie.«

»Fragen Sie nur«, sagte Roland Schapp.

»Ihr Part ist mir inzwischen einigermaßen klar«, sagte Marie Maas und deutete mit dem Kinn auf den am Boden hockenden Schapp. »Viel mehr interessiert mich hingegen Ihr Anteil.« Sie sah Renée Schapp geradewegs in die Augen und wandte ihren Blick auch nicht ab, als die Frau nervös zu lachen anfing.

»Dann fragen Sie doch, damit Sie endlich Ruhe geben. Fragen Sie schon.«

»Wenn ich darf, möchte ich den Hergang der ganzen Geschichte noch einmal kurz zusammenfassen, und Sie korrigieren mich dann, Herr Schapp? Frau Schapp?«

Roland Schapp hatte sein Papiermodell verworfen und begonnen, zwei weitere Schablonen auszuschneiden und zurechtzubiegen. Es sah aus wie ein nierenförmiges Wellblechdach, ähnlich wie ein Tankstellendach in den fünfziger Jahren.

»Ende August dieses Jahres nahm Doris Böhme mit Ihnen Kontakt auf, um die geplante Ausstellung Ihrer Produkte im Hamburger Museum für Kunst und Gewerbe zu organisieren. Anfang September fuhren Sie, Herr Schapp, zum ersten Mal nach Hamburg, um den Aufbau der Ausstellung zu überwachen. Dabei lernten Sie Doris Böhme kennen.«

Schapp nickte.

»Und Sie lernten Theresa Pop kennen.«

Schapp nickte nicht.

»Sie hatten eine Affäre mit ihr. Nicht weiter schlimm und nicht weiter wichtig, weder für Sie noch für Theresa; Sie beide sind erfolgreiche Menschen, die leicht Kontakte knüpfen, ohne darin gleich die große Leidenschaft zu sehen. Sie haben sich Ihrer Zuneigung zueinander hingegeben und wären Ihr Leben lang gute Freunde geblieben, ohne daraus ein Drama für sich oder andere zu machen. Aus diesem Grund auch haben Sie Ihrer Frau von dem Vorfall – der im Übrigen kein Einzelfall ist – gar nichts berichtet.«

Renée Schapp sah vor sich auf den Boden und verzog keine Miene. Ihr Mann bastelte seelenruhig weiter.

»Nur eine Person sah die Sache anders, denn sie war selbst ausgesprochen beteiligt: Doris Böhme. Sie hatte sich auf Anhieb in Sie verliebt, Herr Schapp. Sie werden es sicher bemerkt haben.«

Schapp zog einen Schmollmund und ließ seine Papparbeiten für einen Augenblick ruhen. Er sah die Kommissarin hilflos an und zuckte die Achseln.

»Natürlich, dafür konnten Sie nichts. Sie versuchten,

im Gegenteil, deswegen besonders nett zu dem Mädchen zu sein. Besonders auch, weil Sie sie für begabt hielten und für förderungswürdig. Sie sahen sich ihre Zeichnungen an, ihre Architekturpläne, und empfanden ehrliche Bewunderung für ihr Talent. Nur leider sind Sie so gar kein Förderer junger Talente. Für Sie, Herr Schapp, gibt es nur ein einziges Talent auf der Welt. Und das sind Sie selbst.«

Schapp legte die Stirn in Dackelfalten und schnipste gegen seinen Papierstreifen, der nicht zusammenkleben wollte. Er sah aus, als würde man ihm aus purer Gemeinheit das Spiel verderben.

»Doris Böhme war umso mehr verletzt, je netter Sie sie behandelten. Denn gleichzeitig machten Sie doch allzu deutlich, dass Sie ihren Erwartungen nicht entsprechen würden. Als Sie schließlich ihre Zeichnungen, die Sie doch einem renommierten Kollegen zeigen wollten, bei ihr in der Wohnung vergaßen, schlug ihre Liebe um in Hass. Sie sann auf Rache und vertraute sich ihrer Freundin Theresa Pop an.«

»Aber ...«

Marie Maas drehte sich zur Tür und machte Susanne Bollmann ein beschwichtigendes Zeichen.

»Natürlich wusste sie nichts von Ihrer Affäre mit Theresa. Und die hat womöglich zuerst nur mitgemacht, um Doris nichts davon erzählen zu müssen und sie nicht noch mehr zu verletzen. Und schließlich: Was sich neckt, das liebt sich, nicht wahr? Wir werden es wohl nie erfahren, was in Theresa Pops exzentrischem Kopf vorgegangen ist. Sicher ist nur, dass die beiden Frauen sich gegen Sie verbündeten. Und dass Theresa Pop mit

Phantasie und Ausdauer ihre hässliche kleine Geschichte ausgebaut und gegen Sie ausgespielt hat. Nachdem sie von Doris' Kummer erfahren hatte, leitete sie nicht ungeschickt die Mordkommission auf Ihre Spur und servierte der Presse brühwarm den ersten Akt. Gleichzeitig schickte sie Ihrer Frau – denn sie wusste sehr wohl, dass die halb krank vor Eifersucht und Einsamkeit zu Hause saß und jeden Brief öffnete – ihre Aktfotos. Einfach so, kommentarlos und in der Gewissheit, dass die Ehekrise damit auch in den besten Ehen vorprogrammiert war. Allerdings hatte sie nicht mit dem Maß an Zynismus und Enttäuschung gerechnet, das Sie, Frau Schapp, inzwischen erreicht haben. Theresa Pop konnte nicht wissen, wie tief Sie schon verletzt waren und dass man Sie gar nicht weiter treffen konnte.«

Renée Schapp sah starr vor sich hin. Sie hatte alle Gesichtszüge fallenlassen, als hätte sie vollständig resigniert. Oder sich in eine tiefe Entspannung gleiten lassen.

»Und richtig aus der Hand glitten Theresa Pop ihre Fäden, als per Zufall, möchte ich sagen, tatsächlich eine Leiche aus der Alster gefischt wurde. Noch dazu eine tote Frau, die bei ihr schräg gegenüber gelebt hatte und die sie selbst vom Sehen kannte. Es muss ein heiliger Schrecken für sie gewesen sein. Es ließ ihr keine Ruhe, sie wollte wissen, wie diese Frau zu Tode gekommen war. Ob ihre ›Prophezeiung‹ womöglich schuld daran war. Sie konnte ja nicht wissen, dass die arme Frau an ihrem Alkoholkonsum gestorben und nicht Opfer eines Gewaltverbrechens geworden war.«

Roland Schapp rührte sich überhaupt nicht mehr. Er und seine Frau schienen wie in Gips gegossen in ihren

Alltagsgesten erstarrt zu sein. Marie Maas räusperte sich vor Anspannung. Die ganze Wahrheit war nicht viel wert. Von Wert war nur ein Geständnis. Sie stand auf und baute sich dicht vor der Ehefrau auf.

»Wo haben Sie Theresa getroffen in der Nacht von Sonntag auf Montag? Sie waren extra mit dem Spätzug nach Hamburg gekommen, statt über Nacht in Hildesheim bei Ihrer Tochter und Ihren Eltern zu bleiben. Bei ›Köbes‹ in der Gertigstraße? Oder etwa gleich auf dem Bootsanleger Bachstraße? Der Nachtportier im Hotel Atlantik hat ausgesagt, Sie wären erst weit nach Mitternacht ins Hotel zurückgekommen.«

Bei dieser Behauptung kreuzte die Kommissarin zwei Finger hinter ihrem Rücken, denn es war glatt gelogen. Der Nachtportier war nicht mal befragt worden. Renée Schapp schwieg, aber ihre Gesichtszüge waren nun wieder angespannt, und sie hatte die Augen mit dem starr nach unten gerichteten Blick weit aufgerissen. Roland Schapp sah schlechtgelaunt auf seine Papierschnipsel.

»Es ist wahr«, sagte Renée Schapp. »Wir hatten uns bei ›Köbes‹ verabredet. Ich wollte sie erschrecken. Ich wollte, dass sie merkte, dass sie zu weit gegangen war. Und dass nicht mein Mann der Geschädigte war, sondern ich.«

Marie Maas fühlte, wie sich alles in ihr entspannte. Auch Susanne Bollmann atmete hörbar auf. Nur Roland Schapp behielt diese starre Miene eines beleidigten kleinen Jungen. Er öffnete leicht den Mund, um etwas zu sagen, und schloss ihn wieder. Trotzig wie ein Kind in seiner Bastelecke.

20

Tomkin hatte eine neue Wäscheleine im Bad gespannt und die zerbrochene Kachel hinter der Badewanne ausgewechselt. In der Vorratskammer herrschte Ordnung, als wäre Maries Mutter zu Besuch gewesen, und die verklebte Kehrschaufel mit dem abgenutzten Kehrbesen war durch ein ganz neues Set in Knallrot ersetzt worden. Auf dem Küchentisch prangte eine Schale mit Trauben, auf denen die Wassertropfen glänzten, und im Wohnzimmer duftete es nach Äpfeln und Nüssen. Tomkin saß in der Sofaecke und studierte die Fernsehzeitung. Seine Lesebrille war ihm so weit nach vorn auf die Nase gerutscht, dass er darüber weg sehen konnte, als Marie Maas zur Tür hereinkam.

»Du schon?« fragte er und nahm die Brille ab. »Habt ihr ihn denn schon erwischt?«

»Wen?« fragte die Kommissarin und ließ die Tür offenstehen, während sie auf dem Flur Mantel und Schuhe auszog. »Und wieso ihn?« Sie ließ sich auf einem Sessel in Tomkins Nähe nieder.

»Den Triebtäter«, sagte Tomkin und rollte das »r«, wie er es als Engländer nun einmal tun musste. Es klang eher lustig, wie »Trübtäter« oder einfach wie ein quakendes Geräusch; gar nicht so gefährlich, so bedrohlich wie ein wirklicher Triebtäter. Wie kam er überhaupt darauf?

»Mörder sind immer Triebtäter«, sagte Tomkin, als hätte er ihre Frage geahnt. »Warum sonst sollte man einen Menschen umbringen? Mit ein bisschen Verstand lassen sich doch immer bessere Lösungen finden als Mord. Ob man nun reich werden will oder berühmt oder ob man geliebt werden will oder ob man sich schützen will, unerkannt bleiben will – immer gibt es auch andere Wege, als einen Menschen deswegen zu töten. Also muss es ein Trieb sein, der dazu führt, einem Menschen nach dem Leben zu trachten. Ein Rachebedürfnis, Hass, der Wunsch, auszulöschen, was man nicht besitzen kann, der Wunsch, zu strafen – ich finde, das lässt sich alles auf die Libido und ihre Umkehrungen reduzieren.«

»Und Dummheit?« sagte Marie Maas matt. Sie hatte ihre Füße auf den Couchtisch gelegt und sich im Sessel entfaltet wie eine voll erblühte Tulpe. »Wo bleiben die Dummheit, die Panik, die Ausweglosigkeit?«

»Dummheit allein tötet nicht.«

»Das stimmt.«

»Habt ihr ihn also erwischt?«

»Gibt es in deinem Universum auch Triebtäterinnen? Oder haben nur Männer so etwas wie ein Gefühlsleben – das wäre ja ganz was Neues.«

»Eine Triebtäterin also?« Tomkin warf die Fernsehzeitung auf den Tisch und richtete sich auf. »Etwa diese Museumsangestellte? Hat sie ihre Freundin erschlagen aus Eifersucht und weil sie den Mann, den sie liebte, so unnachgiebig verfolgte? Um ihn zu schützen also? Oder aus Schuldgefühlen?«

Marie Maas schüttelte den Kopf. Sie wollte jetzt gern einen Metaxa trinken und grübelte, wo sie die Flasche gelassen hatte. Sie hatten Renée Schapp bis kurz vor acht Uhr abwechselnd verhört und stundenlang nichts anderes aus ihr herausbekommen als Kopfschütteln und den Ruf nach einem Anwalt. Roland Schapp war währenddessen mit auf dem Rücken verschränkten Händen auf dem Flur auf und ab gegangen und hatte so laut vor sich hin geflucht, dass der Kommissarin noch jetzt die Schamröte ins Gesicht stieg.

»Meine Frau ist ebenso unschuldig wie ich. Sie machen einen großen Fehler, wenn Sie sie nicht sofort wieder freilassen. Das grenzt ja an Sippenhaft, was Sie hier mit unserer Familie veranstalten.«

»Morgen früh wird es eine Gegenüberstellung mit dem Kellner von ›Köbes‹ geben, dann wissen wir mehr.«

Aber seine Frau war nicht so zäh.

»Ja, ich war auf dem Anleger«, gab Renée Schapp eine Stunde später endlich zu. »Mit Theresa. Wir hatten uns für zweiundzwanzig Uhr bei ›Köbes‹ verabredet. Das ist ein kleines Restaurant und Bierlokal in der Gertigstraße.«

Marie Maas nickte. Sie erinnerte sich an die Brokkolispitzen in Rahmsauce, von denen Yalcin geschwärmt hatte. Er war gerade nicht dabei, weil er wieder mal auf Nahrungssuche für die ganze Belegschaft gegangen war. Die Betriebskantine hatte bereits geschlossen.

»Theresa hatte mich dorthin bestellt und wollte mir einen Vorschlag machen. Aber sie kam nicht. Ich habe mindestens eine Stunde auf sie gewartet.«

Marie Maas warf Karsten Scholz einen bedeutungsvollen Blick zu.

»Ich habe schließlich bezahlt und bin langsam Richtung Bushaltestelle geschlendert. Da kam sie mir entgegen. Sie hat mich gleich erkannt. Und ich sie auch. Obwohl wir uns noch nie gesehen hatten. Na ja, Roland hat uns einander wohl gut geschildert.«

Das liegt daran, dass ihr euch so ähnlich wart, hätte

Marie Maas gern gesagt. Aber es war nicht der richtige Augenblick, um euch zu begegnen. Überhaupt hatte es in diesem Fall keinen einzigen richtigen Augenblick für die beteiligten Frauen gegeben. Und das lag daran, dass sie alle im Banne dieses Mannes standen, der wie ein Magnet ihre Lebensenergie auf sich lenkte. Theresa Pop nicht ausgenommen.

»Und dann?« fragte die Kommissarin.

»Sie schlug vor, ein bisschen spazierenzugehen. Sie erzählte irgendetwas, ich habe kaum zugehört. Ich habe auf eine Gelegenheit gewartet ...«

»Nun?«

»Mich zu rächen. Sie zu verletzen. Ich weiß es nicht, sie anzuschreien. Meine Wut loszuwerden.«

Die Kommissarin schwieg und verdonnerte auch ihre Kollegen mit einem Blick dazu, die Frau nicht zu unterbrechen. »Plötzlich standen wir auf dem Anleger. Ich kenne mich hier ja nicht aus. Sie hatte mich untergehakt. Sie sagte, ich müsse mich von Roland befreien. Mich von ihm trennen. Ich wäre doch eine selbständige Frau, sie bot mir sogar einen Job an bei ihrer Zeitung – es war so lächerlich!«

Renée Schapps Stimme war lauter geworden. Ihr Mann draußen auf dem Flur musste jedes Wort verstehen. Marie Maas sah ihn im Geiste an der Tür lauschen. Lauschen passte so gar nicht zu seiner traumverlorenen Art. Aber als Yalcin mit dem Essen zurückkam, sah sie ihn tatsächlich in der Nähe der Tür herumstehen. Zu ihrer größten Freude hatte er sich eine Zigarette angezündet, und dem Qualm nach zu urteilen, der durch die Tür wehte, war es nicht die erste. Mal sehen, wie lange der Nichtraucher-Kollege brauchte, bis er Amok lief. Vielleicht bekam Roland Schapp auf die Art doch noch seine Lektion.

»Ich ließ sie reden«, fuhr Renée Schapp fort. »Ich ließ sie einfach plappern, aber sie kam mir immer näher, sie war so aufdringlich. Ich dachte, je weniger Widerstand ich leiste, desto eher wird sie mich in Ruhe lassen, und wer weiß, vielleicht verplappert sie sich, vielleicht bietet sie mir eine Gelegenheit, sie zu überführen, die Unschuld meines Mannes zu beweisen und uns von allem Verdacht wieder reinzuwaschen.«

»Und dann?«

»Als wir auf dem schwimmenden Ponton standen, umfasste sie mich plötzlich von hinten und flüsterte: ›So hat Ihr Mann mich angefasst. Genau hier, wo wir jetzt stehen.‹«

Renée Schapp schwieg, und Marie Maas wagte nicht mal, ihren Bleistift in der Hand zu bewegen, aus Angst, die Aussage zu unterbrechen. Karsten Scholz biss krachend in ein Schinkenbrötchen.

»Ich habe mich zu ihr umgedreht. Ich habe versucht, mich zu wehren. Sie lachte so laut in mein Ohr, ich habe sie auch geschlagen. Ich habe sie auch gewürgt. Und dann ... sie rutschte aus, ich habe sie nicht gestoßen, wirklich nicht, sie rutschte aus und fiel ins Wasser!«

Karsten zerknüllte seine Brötchentüte, Susanne Bollmann klapperte den Satz in die Schreibmaschine. Yalcin rutschte auf seinem Stuhl herum und zog eine Grimasse, die Marie Maas gut verstand: Es war ein Geständnis, aber kein besonders gutes.

»Und dann?«

»Nichts. Ich bin fortgelaufen. Ich wusste ja nicht, dass sie nicht schwimmen konnte! Aber ich hätte nach ihr sehen müssen, der Vorwurf bleibt. Ist sie wirklich ertrunken?«

Die Kommissarin nickte.

»Aber sie wurde nicht im Wasser gefunden, sondern auf dem Bootsanleger. Sind Sie sich wirklich sicher, Frau Schapp, dass Sie gleich davongelaufen sind? Sie haben Theresa Pop nicht aus dem Wasser gefischt? Wie soll denn das zusammenpassen?«

»Ich wollte nur weg. Ich bin nur gerannt. Gelaufen und gelaufen.«

Karsten zuckte die Achseln. Susanne Bollmann schaltete die Schreibmaschine aus. Yalcin nahm seine Jacke vom Garderobenhaken. Marie Maas sah ihnen zu, aber gleichzeitig sah sie nichts. Dies also war die Geschichte von Renée Schapp. Mörderisch. Aber kein Mord.

»Wir haben heute Renée Schapp verhaftet«, sagte die Kommissarin zu Tomkin und streckte ihm einen bestrumpften Fuß entgegen.

»Die Ehefrau?« sagte Tomkin enttäuscht. »Das ist aber eine schlechte Geschichte. Das kann doch nicht alles gewesen sein.«

»Das finde ich auch«, sagte Marie.

21

Das Herbstlaub war zu meterdicken Wällen rechts und links der Wege zusammengeschoben worden. Vom Pförtnerhäuschen aus bis zur Intensivstation ging der Weg vorbei an der Wäscherei und zwei anderen Gebäuden mit Krankenstationen und dem Labor. »Hafenkrankenhaus« stand dick und fett über dem Eingang. Und daneben eine große Bahnhofsuhr. Dies war keine Klinik zum Ausruhen, hier stand die Zeit nicht still. Schnell gesund werden und schnell wieder an die Arbeit. Die Reeperbahn begann zehn Meter weiter, hinter dem Operettenhaus, und auf der Elbe – gleich hinter der Sternwarte ging es steil zu ihr hinab – tuteten die Schlepper.

»Warum hat man ihn hierhergebracht? Und nicht ins AK Eilbek?« fragte Marie Maas.

»Weil man ihn hier rausgefischt hat. Aus der Elbe.«

»Ach so. Und wie …?«

»Einfach so, hat der Zeuge gesagt. Der ist einfach so ins Wasser ›gehupft‹ – wörtlich zitiert. War ein Tourist aus Schwaben. Der war fürchterlich aufgeregt. Passt wohl gut ins Bild: Da ist man mal in Hamburg, am Meer, wie die Süddeutschen das ja nennen, obwohl die Wasserkante noch gut hundert Kilometer weg ist, und dann springt auch gleich einer rein. Zum Glück war die nächste Wasserkutsche von der Schutzpolizei nicht weit weg. Wirklich genau nebenan, beim Baumwall.«

»Und wo ist Burmeister gesprungen?«

»Na, von den Landungsbrücken.«

»Von den Anlegern?«

»Sag' ich doch. Er hat sich nicht die Mühe gemacht,

irgendwo hochzukrabbeln und runterzuspringen. Er ist einfach so ins Wasser gegangen. Endgültig lebensmüde.«

Die Türen zur Intensivstation mussten mit Schaltern bedient werden und öffneten sich dann automatisch. Die Kommissarin suchte gleich nach dem Schwesternzimmer. Es herrschte Betrieb wie auf einem Bahnsteig. Besucher, Kranke und Personal hetzten über den Flur, als ginge es hier darum, irgendwelche Rekorde zu brechen. Nur die Farben, eisgrau die Türen und beige mit Gelb abgesetzt die Wände, verrieten das Amtsgebäude. Statt einer Schwester fand sich ein junger Arzt, der sich sogar noch die Zeit nahm, mit den beiden Beamten in Ruhe zu sprechen.

»Vernehmungsfähig wäre zuviel gesagt. Und können Sie nicht den Polizisten vor der Tür da wegnehmen? Wir haben hier eine Menge Leute, die so was nicht mögen. Herr Burmeister läuft Ihnen nicht davon. Dafür ist sein Kreislauf viel zu labil. Er ist stark unterkühlt, und es besteht Gefahr für eine Lungenentzündung. Der Mann ist ja total unterernährt und geschwächt. Eine Schande, wie die alten Leute heute leben. Sie haben nicht mal genug Geld, um sich anständig satt zu essen.«

»Na, na, nun hören Sie aber mal auf. Wir leben in einem der reichsten Länder der Erde, und ein Rentner hat hierzulande soviel Geld wie anderswo eine ganze Familie.«

»Sie sprechen wie üblich von den zwei Dritteln, Herr …«

»Scholz. Kriminaloberkommissar.«

»Freut mich. Debbert, Medizinalassistent. Ich jedenfalls habe hier vornehmlich mit dem Drittel der Bevölkerung zu tun, das weder in der Politik noch in den Medien vorkommt. Beziehungsweise erst dann, wenn sie auf der Straße erfrieren oder total verzweifelt ins Wasser gehen.«

Karsten Scholz sah sich gelangweilt nach einer jungen Krankenschwester um, die hinter ihnen vorbeisauste.

»Also Zimmer zwölf«, sagte Marie Maas.

»Und nicht mehr als zehn Minuten.«

»Alles klar, Herr Doktor. Vielen Dank auch.«

»Sie werden ihn doch nicht verhaften, oder?«

Die Kommissarin griff nach der fragend erhobenen Hand des Arztes und drückte sie kräftig.

»Versorgen sie ihn gut, solange er hier ist.« Dann zog sie an Karstens Mantelärmel und verschwand mit einem kurzen Begrüßungsnicken für den Schutzpolizisten, der vor der Tür auf einem Stuhl döste, im Krankenzimmer.

Heinrich Burmeister hatte die Augen geschlossen und atmete angestrengt mit offenem Mund. Er musste aber wach sein, denn seine Lider begannen sofort zu flattern, als die beiden Beamten an sein Bett traten. Marie Maas zog sich einen Stuhl heran und dirigierte Karsten zurück an die Tür.

»Sieh zu, dass niemand reinkommt.«

Burmeister hatte ein Einzelzimmer mit Blick auf den Park. Der Dunst hing zwischen den nassen schwarzen Zweigen, die so nah vor dem Fenster schaukelten, dass ein Windstoß sie dagegenschlagen lassen würde. Ein letzter Herbsttag, schien es der Kommissarin. Der Winter war schon zu riechen.

»Ist das Mädchen wirklich tot?« flüsterte Burmeister und hatte die Augen mit den stets geröteten Lidern gerade so weit geöffnet, dass er die Kommissarin vage erkennen konnte. Sie hatte noch kein Wort gesagt. »Ich kenne Sie«, fuhr er fort. »Sie haben meine Mina gefunden. Sie sind meine Schwester.«

Marie Maas stutzte, wartete ab.

»Nein, meine Schwester ist lange tot«, murmelte Burmeister, und es war, als ob ein ganz altes, morsches Fuhrwerk sich sehr langsam und gebrechlich noch einmal in Gang setzte, zu einer letzten, holprigen Fahrt. »Ich verwechsle Sie. Es ist gleich.«

»Ich bin Kriminalhauptkommissarin Marie Maas. Ich bin von der Mordkommission. Ich komme, um Sie zu verhören.«

»Es ist gleich.«

»Es ist wichtig, dass Sie das wissen, Herr Burmeister. Sie können ins Gefängnis kommen. Sie haben ein Recht auf einen Anwalt.«

Das graue, kleine Gesicht in den Kissen lächelte. Es rührte sie fast so sehr wie das Lächeln eines schlafenden Kindes. Dieser Mann hatte mit allem abgeschlossen.

»Ich werde in kein Gefängnis mehr kommen.«

»Erzählen Sie mir von Ihrer Freundin Mina Sunderborg.«

»Wir hatten eine Vereinbarung.« Der Mann atmete rasselnd und schwer und schlug die Augen weiter auf. Sie waren sehr hellblau und schwammen in Tränenflüssigkeit. »Wenn einer von uns erwischt wird, bringen wir uns um. Beide.«

»Erwischt wird? Sie meinen Ihren Handel mit gestohlenen Haushaltsartikeln?«

Burmeister schien jetzt fast fröhlich. Die Tränenflüssigkeit lief ihm in zwei Bächen über die unrasierten Wangen.

»Das wissen Sie auch schon?«

»Der Kessel, Herr Burmeister. Der Wasserkessel aus dem Museum. Das war ein bisschen gewagt.«

»Ich habe es für Mina getan. Aber es war zu spät. Ich wollte ihre Scharte auswetzen, verstehen Sie? Mina ist erwischt worden bei Karstadt in der Hamburger Straße. Mit einem Nussknacker. So ein Malheur.«

»Sie ist angezeigt worden?«

»Natürlich. Jeder Diebstahl wird angezeigt. Sie war vorbestraft. Sie war sogar schon im Gefängnis wegen Ladendiebstahl.«

»Mehrfachem.«

»Sicher. Mehrfachem. Ein einziges Mal stehlen macht einen noch nicht zum Ladendieb. Sie war Trinkerin, wussten Sie das? Ich habe sie davon abgebracht.«

»Mit Ladendiebstahl.«

Burmeister schmunzelte.

»So kann man das nicht sagen. Ich habe sie abgelenkt.«

»Und vor lauter Ablenkung hat sie sich umgebracht.«

»Wir waren alt. Sie verstehen das nicht. Wie alt sind Sie? Auch gleichgültig. Alles ist gleichgültig.«

Marie Maas dachte wieder an jene verdammte Gedichtzeile: »Warten auf den Tod und die Pension.« Ja, wie alt war sie eigentlich? Und was sagte eine Zahl schon aus?

»Als ich ihr den Kessel bringen wolle, war sie schon tot. Sie war schon ganz kalt. Sie hat nicht auf mich gewartet, das Luder. Und ich war noch nicht bereit, mich dazuzulegen. Ich habe sie zum Kanal geschleift und ins

Wasser geworfen. Ich dachte, so schnell findet sie keiner, und wenn, dann weiß niemand, wer sie war und wo sie wohnte. Sie hätte es mit mir genauso gemacht.« Burmeisters Stimme wurde plötzlich kräftiger. Er rutschte im Bett hinauf und stützte sich auf die zitternden Arme. »Wir hatten für Hunderte von Mark Ware gelagert. Alles bei ihr in der Laube. Sollte das alles draufgehen? Ich wollte es zumindest beiseite schaffen. Und dann würde man weitersehen. Ja gut, wir hatten vereinbart, wir gehen zusammen in den Tod – man denkt viel an den Tod, wenn man alt ist. Man spricht darüber, wie über einen baldigen Besuch. Wer versteht das schon von euch Lebenden. Alles gleichgültig. Alles sinnlos.«

Burmeister ließ sich wieder in die Kissen gleiten und begann, rasselnd mit offenem Mund zu atmen. Karsten Scholz reckte von der Tür her den Hals. Er konnte dort kein Wort verstehen, nur dieser rasselnde Atem gelangte bis zu ihm. Er klopfte mit dem Zeigefinger auf seine Armbanduhr. Die Zeit war bald um. Marie Maas fixierte den alten Mann, bis er die Augen wieder aufschlug.

»Ich weiß schon, meine Schwester wollte auch immer alles ganz genau wissen. Sie ist tot. Das können Sie nicht glauben, nicht wahr? Dass wir alle mal krepieren. Ganz von allein. Ganz ohne es zu wollen. Niemand ist bereit dazu, wenn es soweit ist. Niemand. Auch dieses junge Mädchen war nicht bereit, wie sie sich da anklammerte, pudelnass und heulend vor Angst. Auch ich nicht.« Sein Gesicht verzerrte sich zu einer Grimasse, als würde ein heftiger Schmerz ihn durchzucken. Es klopfte an der Tür. Karsten Scholz sprang auf. »Halten Sie die Tür zu«, rief Marie Maas und beugte sich über den Mann. »Weiter, Herr Burmeister. Was geschah mit dem Mädchen?«

»Ich habe sie losgelassen.«

»Sie haben Theresa Pop geholfen, aus dem Wasser zu steigen, sie dann aber wieder losgelassen? Obwohl sie noch lebte?«

Burmeister nickte.

»Ich war auf den Anleger gekommen, wie jeden Tag, um zu sehen, ob ich endlich den Mut fände, Mina zu folgen. Ich saß dort die ganze Nacht, Nacht für Nacht, und wartete, damit ich den Mut fände, ins Wasser zu gehen und mein Versprechen wahr zu machen. Ich hatte mit allem abgeschlossen. Ich hatte nichts mehr zu erledigen. Ich hatte meine Schulden beglichen. Ich habe nur noch eine einzige Schuld zu begleichen. Aber ich bin zu feige! Als ich das Mädchen schließlich aus dem Wasser zog, war sie tot. Und ich lebe immer noch!«

Er weinte jetzt. Der Medizinalassistent, gefolgt von einer Krankenschwester, kam leise ins Zimmer und schob Marie Maas vom Krankenbett fort.

»Sie sehen doch, dass das zu viel für ihn ist«, flüsterte die Schwester und zog die Decken wieder fest. »Beruhigen Sie sich, Herr Burmeister, es wird schon alles wieder gut. Beruhigen Sie sich.«

»Wir müssen ein Protokoll machen«, sagte die Kommissarin.

»Kommt gar nicht in Frage.«

»Der Mann hat eben eine wichtige Zeugenaussage gemacht.«

»Das wird wohl noch ein paar Tage Zeit haben. Er muss erst mal wieder zu Kräften kommen. Sie sehen doch, dass er völlig runter ist.«

»Es hat keine paar Tage Zeit. Dieser Mann ist bereit zu sterben. Ich möchte das Protokoll *jetzt* aufsetzen.« Marie Maas bot all ihre polizeiliche Autorität auf. Vergeblich. Hier galten andere Gesetze. Sanft, aber energisch schob die Krankenschwester die beiden Beamten aus der Tür. Der Medizinalassistent blieb bei Burmeister am Bett stehen und zählte Puls und Herzschlag. Vergebens, ganz vergebens, hätte Marie Maas ihm gern zugerufen. Der Mann ist nicht mehr zu retten, der ist schon in Pension. Aber sie traute sich nicht, auf einem Krankenhausflur soviel Aufheben vom Tod zu machen.

»Nur für die Statistik wäre es besser gewesen, wir hätten es schriftlich«, murrte Karsten Scholz, als sie vor den Toren des Hafenkrankenhauses in ihren Dienstwagen stiegen und an der Ampel am Zirkusweg darauf warteten, sich wieder in den Berufsverkehr einzufädeln. »So gilt der Fall als unaufgeklärt, oder?«

Marie Maas zuckte die Achseln.

»Er ist ja auch nicht aufzuklären«, murmelte sie. »Zwei sinnlos gestorbene Frauen und zwei, die sinnlos am Leben geblieben sind. Was für ein Scheißfall. Ich wusste es von Anfang an.«

